Dr. Renner

Ueber das Formelwesen im griechischen Epos und epische Reminiscenzen in der älteren Elegie

Anatiposi

Dr. Renner

Ueber das Formelwesen im griechischen Epos und epische Reminiscenzen in der älteren Elegie

Unveränderter Nachdruck der Originalausgabe von 1871.

1. Auflage 2023 | ISBN: 978-3-38220-184-5

Anatiposi Verlag ist ein Imprint der Outlook Verlagsgesellschaft mbH.

Verlag: Outlook Verlag GmbH, Zeilweg 44, 60439 Frankfurt, Deutschland
Vertretungsberechtigt: E. Roepke, Zeilweg 44, 60439 Frankfurt, Deutschland
Druck: Books on Demand GmbH, In de Tarpen 42, 22848 Norderstedt, Deutschland

Einladungsschrift

zu der

Mittwoch den 29. u. Donnerstag den 30. März abzuhaltenden

öffentlichen Prüfung

der Zöglinge des Gymnasiums, sowie zu dem

Redeactus

welcher

Dienstag den 28. März 1871 Vormittags 10 Uhr

bei Entlassung der zur Universität abgehenden Schüler,

zugleich

als Gedächtnissfeier verstorbener Wohlthäter,

in der Aula des Gymnasiums

stattfinden wird.

FREIBERG. 1871.
Druck der Gerlach'schen Buchdruckerei.

2921.   5.

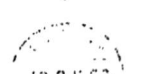

Ordnung des Actus.

Choral: Schulgesangbuch 401.

Lateinische Abschieds- und Danksagungsrede des Abiturienten *Rossberg*.

Deutsche Abschiedsworte und Danksagung des Abiturienten *Müller*.

Griechische Abschiedsworte und Danksagung des Abiturienten *Melzer*.

Lateinische Abschiedsworte und Danksagung des Abiturienten *Bochmann*.

Lateinische Abschiedsworte und Danksagung des Abiturienten *Häntein*.

Lateinische Abschiedsworte und Danksagung des Abiturienten *Tenzler*.

Deutsche Abschiedsworte und Danksagung des Abiturienten *Hasse*.

Deutsche Abschieds- und Danksagungsrede des Abiturienten *Starke*.

Abschiedsgruss an die Abgehenden vom Primaner *Leonhardt*.

Chorgesang.

Entlassung der Abgehenden durch den Rector.

Choral: Schulgesangbuch 403.

Ordnung der Prüfung.

Mittwoch 29. März.

Vormittags von 8 — 12 Uhr.

VI. Religion. *Süss.*
VI. Latein. *Süss.*
V. Arithmetik. *Noth.*
V. Latein. *Renner.*
IV. Cornelius Nepos. *Jungmann.*

Nachmittags von 2, — 15 Uhr.

IV. Geographie. *Burkhardt.*
IIIᵇ. Griechisch. *Rachel.*
IIIᵇ. Geschichte. *Rachel.*

Donnerstag 30. März.

Vormittags von 8 — 12 Uhr.

IIIᵃ. Cicero. *Richter.*
IIIᵃ. Naturkunde (Physikalische Geographie). *Kallenberg.*
IIᵇ. Mathematik. *Hoffmann.*
IIᵇ. Arrian. *Erler.*

Nachmittags von 2 — 4 Uhr.

IIᵃ. Französisch. *Prölss.*
IIᵃ. Ilias. *Rector.*
I. Cicero. *Brause.*

Berichtigung: Im Schülerverzeichniss ist nach No. 24 einzuschalten: 25. M. F. Ferd. Trautschold aus Reinsberg, geb. 28. Mai 1854, wonach sich die folgenden Nummern um je eine erhöhen.

Veranlasst durch einige Verse · und die Beschaffenheit der theognideïschen Gedichte überhaupt hoffte ich vor schon längerer Zeit besonders vermittelst Nachweisung aus der epischen Poësie entlehnter Stellen den spätern Ursprung einzelner Partieen dieses Sammelwerkes und der ältern Elegiker insgesammt constatiren zu können. Ein positives Resultat war jedoch nicht zu erzielen. Um nun die mühevolle Arbeit nicht umsonst gethan zu haben, ordnete ich die Stellen nach wiederholter Durchsicht in der vorliegenden Weise und schickte denselben nur eine kurze Erklärung voraus, da ich glaubte, die Sache sei auch so nicht ohne Interesse. Ausserdem könnte man, meinte ich, das Ganze als Seitenstück betrachten zu der in meinen Quaestiones de dialecto antiquioris Graecorum poësis elegiacae et iambicae (Curt. Stud. I, 1 und 2) nachgewiesenen Uebereinstimmung des elegischen und epischen Dialektes. In dieser Fassung wollte ich die Arbeit an den Ort ihrer Bestimmung senden. Nachdem mir jedoch der Auftrag ertheilt worden, vertretungsweise das Osterprogramm mit einer Abhandlung zu versehen, hielt ich es für passend die engeren Grenzen meines Themas zu überschreiten und dem Ganzen eine Einleitung allgemeineren Inhalts vorauszuschicken. Der früheren Bestimmung dieser Arbeit wolle man auch das deutsche Gewand, in dem sie auftritt, zu Gute rechnen, das ich bei der knapp zugemessnen Zeit nicht mehr entfernen konnte.

J. R.

Bei genauerer Betrachtung finden wir, dass die Fragmente der ältern griechischen Elegiker — Callinus, Tyrtaeus, Mimnermus, Solon, Archilochus, Theognis (Phocylides, Xenophanes, Hipponax) — zahlreiche Reminiscenzen aus der epischen Poësie enthalten, also aus Homer, Hesiod, den epischen Fragmenten und den homerischen Hymnen, denen man noch die ziemlich alten Orakelsprüche der Pythia bei Herodot zugesellen kann, da in ihnen vielfach der Geist des Epos zu verspüren ist. Damit wir dieselben richtig beurtheilen und ihnen nicht etwa den Werth von blossen Parallelstellen beilegen, müssen wir auf das Formelwesen in der epischen Poësie einen Blick werfen; denn hierin finden sie ihre Erklärung.

1. Nach der Wolfschen von andern Gelehrten adoptirten und weiter ausgeführten Ansicht sind die Gesänge der Ilias, um mich zunächst auf diese als das älteste uns überlieferte Erzeugniss der Epik zu beschränken, nicht das Werk eines dichterischen Genius, sondern aus Einzelliedern hervorgegangen, den Schöpfungen mehrerer einzelner Dichter theils derselben theils verschiedener Zeit. Diese Lieder repräsentiren uns einen veredelten Volksgesang[1]), der einem früheren, urwüchsigeren, dem nicht die Form, sondern der Inhalt die Hauptsache war, folgte und daraus Manches herübernehmen mochte. Nachdem dieselben sich allmählich zu Liederreihen verbunden hatten, wurden sie schliesslich im 6. Jahrh. v. Chr. durch die Redactionscommission des Pisistratus zu der grossen Epopöe der Ilias vereinigt. Der Entwicklungsgang der Odyssee, deren Entstehung einer etwas spätern Zeit anzugehören scheint, ist hiervon einigermassen verschieden, indem derselben von vornherein ein grössrer Kern zu Grunde gelegen hat[2]). So viel zur Fixirung meines Standpunktes in der homerischen Frage, von dem ich bei der folgenden Entwicklung der Genesis der epischen Formeln ausgehe.

Schon der einzelne Dichter kam nicht selten in den Fall denselben Gedanken wie an einer früheren Stelle seines Liedes auszudrücken. Da ist es nun eine häufige Erscheinung, dass er sich ganz derselben Worte wie an jener bedient, so z. B. wenn die Rede eines Andern berichtet wird, oder wenn die Sache, die vorher schon vom Dichter beschrieben worden, von diesem selbst noch

---

1) Dieser Unterschied ist besonders scharf hervorgehoben von Georg Curtius, Andeutungen über den gegenwärtigen Stand der homerischen Frage, Wien 1854, pag. 46 f.

2) Vor Allen vergl. A. Kirchhoff, die homer. Odyssee und ihre Entstehung, Berlin 1859; id., die Composition der Odyssee, Berlin 1869.

einmal zu schildern ist oder in einer Rede wiederkehrt. Einige Belege mögen hierfür angeführt werden. In B 11—15 [1]) entsendet Zeus den ὄνειρος, das Traumbild, zum Agamemnon mit den Worten: ϑωρῆξαί ἑ κέλευε — κήδε' ἐφῆπται; diese wiederholt dann der ὄνειρος, als er zum schlafenden König herantritt, nur mit Veränderung der Person 28—32 [ausserdem wiederholt Ag. in der βουλὴ γερόντων die Worte des ὄνειρος 23—33: 60—70 [2])]. B 174—9. 81 richtet Athene den Auftrag, den ihr Hera 158—63. 5 an die Achäer gegeben, wortgetreu aus (bloss mit Aenderung der Verse 175. 9). $Δ$ 205—7 wiederholt der Herold Talthybius die ihm von Agamemnon 195—7 an Machaon aufgetragnen Worte. Vergleiche $Γ$ 136—8 die Worte der Iris an Helena und die des Heroldes Idäus an Priamus 253—5. Ebenso kommen in ι bei Schilderung der Thätigkeit des Cyclopen dieselben Worte vor: 240. 4. 5. 250. 1, 307—9. 11, 340—4. Ich habe gleich sehr drastische Beispiele gewählt, noch öfter finden sich Wiederholungen in kleinerem Masse. Gewiss wird hieran Niemand grossen Anstoss nehmen [3]), denn der Dichter kann mit seinem Eigenthume nach Belieben schalten und walten, vorausgesetzt, dass er dabei geschickt zu Werke geht und seinen Zuhörern nicht lästig fällt.

Auffallender aber ist es, wenn wir Dichter zu wiederholten Malen bald in einem ganzen Verse bald in Verstheilen sich derselben Worte bedienen sehen, die sich schon in früheren Liedern finden. Wie erklärt sich dies?

Da die Einzellieder alle verwandten Inhalts waren, indem sie sich ja sämmtlich um den trojanischen Sagenkreis bewegten, so sahen sich Dichter neuer Lieder ungemein oft genöthigt, gleiche Situationen wie in bereits vorhandenen zu behandeln, dies um so mehr, als der epische Sänger, wenn er aus dem grossen Rahmen der Sage ein Stück herausgriff, immer auf vor- und rückwärts Liegendes hindeuten musste, um im Connex damit zu bleiben. Zu allen Zeiten aber ist das schon länger Bestehende, das Alte, sobald es sich einmal als trefflich erwiesen, geliebt und geachtet worden. Je weiter zurück wir in das Leben eines Volkes zu blicken vermögen, desto intensiver tritt uns diese Erscheinung entgegen. Wir treffen da eine Offenheit und Empfänglichkeit des Gemüthes an, die der des Menschen in seinem Kindesalter nicht unähnlich ist und die wir in beiden Fällen mit dem sinnigen Namen Naivetät zu benennen pflegen. Daher mussten auch das Volk und spätere Sänger an wohlgelungenen Versen vorhandener Lieder ihre innige Freude haben, zumal da gerade die schöne Form es war, die einen eigenthümlichen Zauber auf sie auszuüben vermochte, denn der Sagenstoff, der sich seit langer Zeit schon gebildet hatte, war ihnen allen ja vollständig bekannt, in ihm lag nicht des Sängers Verdienst [4]). „In deu natürlichen Organismus der Sage hat der einzelne Dichter ungefähr so viel eingegriffen, wie ein sinniger Gärtner das natürliche Wachsthum der Pflanze nach seinen Gedanken regelt

---

1) Dem Herkommen gemäss bezeichnen die Majuskeln die Ilias, die Minuskeln die Odyssee.
2) Von Lachmann, Betrachtungen über Homers Ilias, 2. Aufl. 1865, pag. 8 u. 11 ist dieselbe mit Recht verworfen.
3) Uebrigens hat natürlich die folgende Erklärung theilweise auch auf derartige Wiederholungen Bezug.
4) Anders war es bei den spätern Epikern. Diese spannen die Fäden der Sage da, wo ihnen dieselben aufzuhören schienen, oft in sehr willkürlicher Weise künstlich weiter. Manche schwächeren Partieen der Ilias und zumal der Odyssee, sind auch hierher zu rechnen.

und gestaltet."[1]) Unter der Form verstehen wir aber einestheils eine edle, bald kräftige und bündige, bald zarte und anmuthige Sprache, anderntheils den Rhythmus, der das Wesen der griechischen Poësie ausmacht. Jeder, der gewohnt ist, die Verse mit Gefühl zu lesen, wird, wenn auch nur annähernd, nachempfinden, welche Anziehungskraft gerade der wunderbaren Gliederung des Rhythmus innewohnen musste. Welche Tonmalerei lässt doch die unendliche Modulationsfähigkeit des heroischen Verses zu! Am Ende desselben zumal ruft der Rhythmus oft einen man möchte sagen musikalischen Klang hervor, der sich mit unwiderstehlicher Gewalt dem Ohre des Hörers einprägt. Die Musikbegleitung, die an dieser Stelle oft stattfand, mag wohl auch ihr Theil hierzu beigetragen haben.

Sodann müssen wir erwägen, dass der epische Sänger nur im Namen seiner Gemeinde das Wort ergriff, sich nur als ein Glied derselben fühlte und vor seinem Gegenstande, wie Jeder sich bei der Lectüre der Gedichte überzeugen kann, vollständig zurücktrat, so dass das einzelne Lied überhaupt nicht den Stempel der Urheberschaft einer bestimmten Individualität an sich trug, sondern nur was man epischen Typus zu nennen pflegt. Die nothwendige Folge hiervon aber ist, dass die dichterischen Productionen im vollsten Sinne des Wortes, in gleicher Weise für das Volk wie für andere Sänger, als Gemeingut gelten mussten. Ferner vergegenwärtige man sich, dass die epischen Gesänge in ältester Zeit mündlich fortgepflanzt wurden — seit F. A. Wolf eine auch von den Gegnern seiner Ansicht nicht widerlegte Thatsache —, neuere Sänger also nicht nur schöpferisch wirkten, sondern daneben auch Reproducenten waren, indem sie das bereits Vorhandene, weil es eben allgemeinen Beifall gefunden hatte, lernen und vortragen mussten, um das Volk in seiner Musse daran zu laben. Da die älteren Lieder dadurch bei ihnen vollständig in succum et sanguinem übergingen, so musste sich natürlich für sie der Unterschied zwischen Fremdem und Eignem sehr verwischen.

Wurde bisher Form und Inhalt der Gedichte im Allgemeinen in's Auge gefasst, so dürfen wir andrerseits auch die Art und Weise der Darstellung nicht ausser Acht lassen. Da das Hauptziel der epischen Poësie sinnliche Anschaulichkeit ist[2]), so ergeht sich die homerische Schilderung sehr gern in Details. Mit der Kunst eines Malers versteht der Sänger nicht nur Oertlichkeiten und Gegenstände[3]) naturgetreu wiederzugeben, sondern auch die einzelnen Vorgänge berichtet er uns mit einer Ausführlichkeit, dass wir sie gleichsam vor unsern Augen entstehen sehen und ein vollständiges Bild davon bekommen. Da werden Handlungen, für die uns sonst eine einzige Benennung als genügend erscheint, wieder in ihre Theile zerlegt, zu allgemeineren Ausdrücken speciellere hinzugefügt. In der Detailschilderung aber ist — wer wollte das leugnen? — der Variation bei Weitem kein so grosser Spielraum gestattet, ja oft gar keiner. Man vergleiche Ausdrücke wie βῆ δ' (ῥ') ἰέναι, ἴμεν, βὰν δ' (ῥ') ἴμεν, ἴμεναι, er (sie) schritt(en)

---

1) Welcker, epischer Cyclus II, 11.
2) In ihrem letzten Grunde beruht diese wieder auf der Naivetät, auf der Liebe zur Wahrheit.
3) Man denke z. B. an die Beschreibung des Wagens, den Hera und Athene besteigen, und der Ausrüstung der letztern in E 722, an die Beschreibung vom Schilde Achills in Y 267 ff. u. s. w.

aus um zu gehen, oder (ἐν) ὀφθαλμοῖσιν ὁρᾶν, (in) mit den Augen sehen, ἔπος τ᾽ ἔφατ᾽ ἔκ τ᾽ ὀνόμαζεν ‖ er sprach das Wort und rief ihn beim Namen (= er redete ihn an), τὸν δ᾽ ἀπαμειβόμενος προςέφη — ‖ den redete er erwiedernd an (— er antwortete ihm), ἀλλ᾽ ἄγε μοι τόδε εἰπὲ καὶ ἀτρεκέως κατάλεξον ‖ sage mir das und setze mir es genau auseinander (= sage mir das genau).

Wie konnte es also — frage ich nun — anders kommen, als dass der epische Sänger sich in vielen Fällen nur wenig oder gar nicht von der Form entfernte, in welche dieselben Gedanken bereits gegossen waren? Die Wiederholung war oft, so zu sagen, an die Hand gegeben.

Auf diese Weise erlangten epische Verse und Theile derselben allmählich immer mehr die Geltung von Formeln. Diese sind denn in den homerischen Gedichten in grosser Anzahl vorhanden. Beispielsweise sei erwähnt, dass die angeführten Worte ἔπος τ᾽ ἔφατ᾽ etc. an 43 Stellen vorkommen, τὸν δ᾽ ἀπ. προςε. an 92 Stellen, ἀλλ᾽ ἄγε etc. an 17. Dasselbe gilt in Betreff der übrigen epischen Dichtungen, von denen die meisten in einem grössern oder geringern Abhängigkeitsverhältnisse zu jenen stehen, aus ihnen schöpften.

Noch möchte ich jedoch, wie schon von andrer Seite geschehen [1]), darauf hinweisen, dass bei der Formelbildung wohl nicht selten auch eine Bequemlichkeitsrücksicht von Seiten der epischen Dichter mit in Betracht kam, die Erleichterung des Vortrags. Es sollten nämlich, da ja die homerischen Gedichte in ältester Zeit mündlich überliefert wurden, wiederholte ganze Verse oder grössere Verstheile wahrscheinlich Merkmale, Anhaltepuncte für das Gedächtniss sein. Denn auf diese Weise wurde das einzelne Lied wieder, oft mehrfach, zergliedert, und so entstand Uebersichtlichkeit, eine wesentliche Stütze des Gedächtnisses. An solchen Stellen konnte der Sänger, wenn es ihm sonst passte, in seinem Vortrage eine Pause eintreten lassen, während der er mit der Phorminx einfiel, einestheils um sich auf das Folgende zu besinnen, anderntheils aber um sich eine kleine Erholung zu gönnen. Auch für den Zuhörer gewann der Vortrag an Uebersichtlichkeit, da das ganze behandelte Stück Sage sich so zu sagen dramaartig in kleinere Scenen oder Acte theilte, zumal wenn derselbe Vers zwei oder mehrere Male wiederkehrte, oder wenn verschiedene bekannte Verse vorkamen; ausserdem gestattete ihm der Ruhepunct sich im Hinblick auf das Folgende zu sammeln. Wie. geeignet ist z. B. ι 62. 105. 565. κ 77. 133 der Vers ἔνθεν δὲ προτέρω πλέομεν ἀκαχήμενοι ἦτορ ‖ (an 1. 3. 5. Stelle mit dem Zusatze ἄσμενοι ἐκ θανάτοιο φίλους ὀλέσαντες ἑταίρους ‖) die Zuhörer von einem Abenteuer des Odysseus zum andern hinüberzuleiten! Fassen wir den in der Ilias 10 Mal vorkommenden Vers ὡς εἰπὼν (οὖσ᾽) ὤτρυνε μένος καὶ θυμὸν ἑκάστου ‖ (sonst noch ϑ 15) ins Auge, der gebraucht wird, wenn Helden oder eine Gottheit ihre Partei zum Kampfe anfeuern, so erkennen wir leicht, dass er zu einem Ruhepuncte diente. Aehnliches gilt von dem Verse μάστιξεν δ᾽ ἐλάαν, τὼ δ᾽ οὐκ ἄκοντε πετέσθην ‖ an 7 Stellen, und mit

---

1) von Georg Curtius in seinen Vorlesungen über Homer.

ἵππους an 2ter Stelle E 768 und Δ 519, der 2. Verstheil allein steht Δ 281; eine innere Nothwendigkeit gerade für diese Worte wird sich wohl an keiner Stelle nachweisen lassen[1]).

Aus der zahllosen Menge von Formeln verdienen besonders zwei Arten kleineren Umfanges hervorgehoben und eingehender besprochen zu werden, da hierdurch die vorhergehenden Bemerkungen zum Theil ergänzt werden.

Zunächst die ständigen Beiwörter. Wenn einer Person oder Sache gewisse charakteristische Beiwörter sehr oft gegeben waren, so gewöhnte man sich mit der Zeit an dieselben so sehr, dass man sie schliesslich auch da anwandte, wo sie eigentlich entbehrt werden konnten, also zum blossen Schmucke, als Epitheta ornantia oder perpetua. Geht man der Sache näher auf den Grund, so dürfte sie im Folgenden ihre Erklärung finden. Beginnen wir mit den Beiwörtern von Personen. Dichteten die Sänger auch, nur Einzellieder, so mussten sie doch darauf bedacht sein, die Gestalten der Helden so wiederzugeben, wie sie sich bei einem Gesammtüberblicke über den ganzen Sagenkreis darboten, um der lauschenden Gemeinde erkennen zu lassen, dass es ihre allbekannten Helden wären, die auch in andern Theilen der Sage so oft auftraten. Die epische Poësie will aber auch schon an und für sich jedes Ding, jede Person so kennzeichnen, dass sie gewissermassen Körper annehmen, sinnliche Lebendigkeit erhalten. Dieser ihrer plastischen Tendenz zufolge zeigt sie eine gewisse Verwandtschaft mit der bildenden (und der darstellenden, dramatischen) Kunst. Der bildende Künstler muss irgend eine Persönlichkeit, die er im rohen Stoffe wieder ins Leben rufen soll, immer der Wirklichkeit, resp. der Ueberlieferung, gemäss dem Auge vorführen, damit der Betrachter den Eindruck bekommt, als ob sie leibt' und lebte (ähnlich verhält es sich mit dem dramatischen Künstler). So wird man sich z. B. den grossen Reformator nicht gut anders denken können als mit dem energischen Gesichtsausdruck, der einer Welt zu trotzen im Stande ist, angethan mit dem Doctorrocke und mit der Bibel in der nervigen Hand, Friedrich den Grossen nicht ohne obligaten Krückstock, grosse Aufschlagstiefel, Dreimaster und Perücke, endlich Napoleon I. nicht ohne das bekannte Hütchen und den Rock. Ebenso musste daher auch dem epischen Sänger stets die ganze Gestalt seines Helden mit ihren charakteristischen Eigenthümlichkeiten vor Augen schweben. Gewisse Epitheta kamen natürlich mehreren Helden zugleich zu, wie μεγαλήτωρ, μεγάθυμος, θεοειδής, ἐϋκνημῖδες Ἀχαιοί etc. — Ein Gleiches gilt von den Epithetis der Götter und Heroen, die zum Theil, wie mehrere Gelehrte annehmen[2]), aus der vorhomerischen Hymnenpoësie stammen; dahin gehören αἰγίοχος Ζεύς, γλαυκῶπις Ἀθήνη, χρυσέη Ἀφροδίτη, ἀργυρότοξος Ἀπόλλων etc. — Aehnlich wie mit Personen verhält es sich mit Sachen. Sowie man im Alltagsleben selbst die gewöhnlichsten Gegenstände anschaute mit ihren in die Augen fallenden Merkmalen — und den Griechen fiel die Aussenwelt infolge ihres feinen Sinnes für alles Plastische, der wiederum durch die sie umgebende scharf

---

1) An einigen Stellen folgen allerdings noch ein oder zwei mit jenem eng zusammenhängende Verse, jedoch das ändert an der Sache Nichts.

2) z. B. Theodor Bergk, griech. Litteraturgeschichte.

gekennzeichnete Natur genähr twurde, viel mehr auf, als uns und manchen andern Völkern — so wollte man sie auch in der das Leben abmalenden Poësie sehen. Daher heisst die Erde πουλυβότειρα „die vielernährende", die Rosse μώνυχες ἵπποι „die einhufigen", die Rinder dagegen εἰλίποδες, ἕλικες „beindrehend, sich windend." Die einfache Namennennnng ist der plastischen Epik zu dürftig, zu kahl, man soll jedes Mal sogleich einen lebendigen Eindruck empfangen. Jene nabeliegenden, treffenden Epitheta verleihen zugleich der Rede eine gewisse Anmuth und Gemüthlichkeit — denn alles Bekannte heimelt uns an, — ja, wenn man will, einen volksthümlichen Hauch. Den Gegensatz zu den in Rede stehenden Epitheta bilden die nichtständigen oder necessaria, die den betreffenden Gegenstand nur für die vorliegende Stelle näher bestimmen sollen. So könnte, um den Unterschied klar zu machen, II A, 100 δούλιον ἦμαρ nicht ornans sein, da dort das Adjectiv mit dem Substantiv zusammen erst einen vollständigen für die Stelle passenden Begriff ausmacht. Die Natur eines ornans aber tritt uns recht deutlich entgegen in οὐρανὸς ἀστερόεις (bei Hom. 11 Mal und stets zu Ende des Verses) an Stellen wie O 371 ι 527 Νέστωρ, Κύκλωψ εὔχετο χεῖρ᾽ ὀρέγων εἰς οὐρανὸν ἀστερόεντα ‖, obgleich es doch bereits heller lichter Tag ist; X 154 heisst es: die Gattinnen und schönen Töchter der Troer wuschen die εἵματα σιγαλόεντα strahlenden (!) Gewänder, vgl. ζ 38. In ähnlicher Weise zeigt Achilles, wenngleich er sehr oft der schnellfüssige πόδας ὠκὺς genannt wird, von dieser Eigenschaft an den meisten Stellen keine Spur. Fast einen komischen Eindruck macht es, wenn κ 200 gesagt wird Κύκλωπός τε βίης μεγαλήτορος ἀνδροφάγοιο des hochherzigen, hochgesinnten (!) Menschenfressers. — Sehr leicht musste es geschehen, dass man diesen Epitheta auch im Verse denselben Platz bewahrte, der so für sie gewissermassen zum Ehrenplatz wurde.

Ganz dieselbe Erscheinung findet sich, wenn gleich nicht in solchem Masse, in unserm Volksepos, zumal in seinem hauptsächlichsten Repräsentanten, dem Nibelungenliede. So heisst es 202, 4 und 229, 4 (ed. Lachm.): die helden, ein riter küene unde guot, ‖ 118, 4 und 148, 4: ein riter küene unde gemeit ‖, 44, 4. 440, 4. 827, 4. 379, 4: der degen, die degne vil, ir degene, ein riter küene unde balt ‖, 1015,2 und 1176, 4: der degen, der küene degen balt ‖, 218, 2: die recken vil balt ‖, andere Epitheta von Helden sind: hôchgemuot, hêrlîch, snell, zierlîch, sturmküene, also entsprechend den homerischen θοῦρος, μεγαλήτωρ, μεγάθυμος, πόδας ὠκύς, φαίδιμος etc. Frauen und Jungfrauen werden genannt: minneclîch, hêrlich, wol getân, die Hand der Frauen weiss: die der Kriemhilde 609, 3. 952, 2. 1009, 2: mit ir vil wîzen hant ‖, 293, 1 und 1298, 2 ir vil, ir wîziu hant ‖, die andrer Frauen: 544, 3 und 1639, 2. Die Hand der Männer nennen die Dichter ellenthaft „nervig", Homer παχεῖα der στιβαρή, den Schild: breit, licht, goldfarben, zierlich, Hom. σάκος εὐρύ, ἀσπὶς φαεινή, πολυδαίδαλος, παντὸς ἐΐση, die Zäume: goldfarben, klingend, Hom. ἡνία λευκά, χρυσόωντα, σιγαλόεντα etc.

Andrerseits ist in der epischen Poësie ungemein häufig die copulative Verbindung zweier Wörter (meist Substantiva) von gleicher, ähnlicher oder entgegengesetzter Bedeutung, die sich theils zu einem Gesammtbegriff ergänzen, der vielleicht als solcher nicht existirt,

theils einen existirenden Begriff, der zu schwach erscheint, **verstärken** sollen und in seiner
Breite oder ganzen Ausdehnung veranschaulichen. Es ist gewissermassen das Tasten und Suchen
nach einem dem Gedanken adäquaten Ausdruck, wie es sich uns besonders auch beim Kinde
zeigt, das ja oft ein passendes Wort sucht, ohne es zu finden, und dafür den Mund voller nimmt
und zu mehreren Wörtern greift, bis es sieht, dass es verstanden wird. Die Wortverbindung
galt nun andern Sängern so viel als **ein neu aufgefundenes Wort**, das sie sich vorkommenden Falls aneigneten [1]). Wie sehr gerade diese Verknüpfung zweier Wörter in der Weise des
Volkes begründet ist, dafür mag uns unsere reiche Muttersprache (zum grossen Theil wohl aus
älterer Zeit stammende, noch jetzt gebräuchliche) Beispiele liefern, so: licht und klar, baar und
ledig, klar und offen, faul und träge, angst und bange, sengen und brennen, Kummer und Herze-
leid, Jung und Alt, Speise und Trank, Herz und Sinn, Hab und Gut, Grund und Boden, Leib
und Seele, Feuer und Schwert; oft kommt die Allitteration hinzu, die das Band nur noch fester
knüpft: bitten und betteln, leibt und lebt, franc und frei, gäng und gäbe, kurz und klein, Busse
und Besserung, Friede und Freundschaft, Herz und Hand, Haus und Hof, Haut und Haar, Küche
und Keller, Kind und Kegel, Leib und Leben, Mann und Maus, Ross und Reiter, Stumpf (Strunk)
und Stil, Schimpf und Schande; oder es stellt sich der Reim ein: leben und weben, schlecht
und recht, Dach und Fach, Gut und Blut, die Hülle und Fülle, Knall und Fall, Saus und Braus,
Saft und Kraft, Schutz und Trutz, Sack und Pack. Auch unser volksthümliches Nibelungenlied
liefert uns viele Beispiele hierzu: wîp unde man || (68, 2. 1319, 2. 1462, 3 etc.), lant unde bürge | — ||
(40, 1. 639, 2), liute unde lant || (108,3), rîter unde kneht || (76, 1. 646, 1), palas unde sal, ros
unde kleider, wâfen und gewant, silber unde golt, naht unde tac (νύκτας τε καὶ ἦμαρ) etc. —
Durch derartige Verbindungen erhält zugleich die dichterische Diction eine gewisse Gravität,
zumal wenn sie, was am häufigsten der Fall ist, am Ende des Verses stehen.

Die übrigen kleineren Formeln bieten nichts Eigenthümliches. Nur ein Paar Worte über
ihre Beschaffenheit im Allgemeinen. Es liegt in der Natur der Sache, dass in ihnen meist ein
kürzerer prosaischer Ausdruck durch mehrere Worte umschrieben ist, häufig auch durch solche,
die der gewöhnlichen Rede fremd oder die wenigstens in eigenthümlicher Weise gebraucht sind;
denn die waren besonders dazu angethan die Aufmerksamkeit auf sich zu lenken. Eine echte
Formel muss aber ausserdem dem Sinne nach einen gewissen Abschluss in sich selbst
haben, auch wenn kein Verbum darin vorkommt; das Zusammentreffen der Worte darf also nicht
ein rein zufälliges, ich möchte sagen, willkürliches sein, dieselben dürfen, für sich genommen,
nicht conglomeratartig zusammengewürfelt erscheinen, was z. B. von dem unten aus Theognis
angeführten καὶ θυμὸς ἑκάστου || gelten würde, wollte man darin eine Formel wittern. —

Ueberblicken wir, was bis jetzt über die Entstehung der Formeln gesagt worden ist, und

---

1) Ein Beispiel zweier verbundener Verba möge hier Platz finden, da in den Elegikern keins dergleichen vor-
kommt: ἐποτρύνει καὶ ἀνώγει || 7 Hom., ἀνείρεαι ἠδὲ μεταλλᾷς || 6 Hom., διείρεαι ἠδὲ μ. || ω 478, ebenso
μεταλλῆσαι καὶ ἐρέσθαι || 5, vergleiche ἀνείρεαι οὐδὲ μ. || ψ 99, οὔτ' εἴρομαι οὔτε μεταλλῶ || A 553, διείρεο
μηδὲ μετάλλα || A 550.

suchen dafür einen allumfassenden Namen, so werden wir es wohl am passendsten das conventionelle Element nennen. Schwerlich wird sich gegen das Gesagte und den Namen
Etwas einwenden lassen; denn wer könnte leugnen wollen, welch grosse Rolle die Convention,
auch die stillschweigende, im menschlichen Leben spielt? Schon oben bei Besprechung der
copulativen Verbindung zweier Wörter trat uns dies in der Volkssprache klar entgegen. Doch
richten wir zu Erhärtung des Gesagten unser Augenmerk noch auf andere der unseren eng
verwandte sprachliche Erscheinungen. Wie oft und zahlreich tauchen plötzlich im Volksmunde,
meist ohne dass Jemand den Ursprung sicher angeben könnte, in genau fixirter und knapper
Satzform (nicht selten noch durch den Reim gebunden) Regeln der Moral oder Lebensklugheit aus
dem Alltagsleben auf, die Sprichwörter, in denen sich der Geist des Volkes auf eine so eigenthümliche und sinnige Art offenbart. Nicht mit Unrecht sind sie die Weisheit auf der
Gasse genannt worden. Ein Jeder pflegt sie mit ehrerbietiger Scheu und gebraucht sie oft
und gern.

Ein anderes Analogon bieten die Citate. Wie gern citiren wir bei passender Gelegenheit
Stellen aus Schriftstellern, die uns gefallen oder gar imponiren. Haben sie eine allgemeine Bedeutung, so gehen sie häufig in geflügelte Worte über. Doch letztere können auch, oft
unter dem Einflusse gewaltiger Zeitereignisse, aus Aussprüchen historischer Persönlichkeiten her-
vorgehen[1]. Im Gegensatze zu den Sprichwörtern lässt sich „ihr Taufschein stets angeben" und
sie sind „fast das ausschliessliche Eigenthum der litterarisch Gebildeten." Als Beispiel möge
dienen Bismarcks wuchtiges Wort: „durch Blut und Eisen". Sie berühren sich wiederum mit
den Sprichwörtern, indem sie bisweilen in solche übergehen.

Ja selbst die Sprache im weitern Sinne gehorcht der Convention. Sobald nämlich
ein Volk eine höhere Culturstufe erreicht, pflegt sich aus ästhetischen Gründen ein bestimmter
Sprachgebrauch zu fixiren, der sich aller der (synonymen) Worte entledigt, die ihm zu abge-
griffen, zu allgemein, oder (richtig verstanden!) zu gemein erscheinen, oder auch zu veraltet:
die Sprache der höheren Stände, die, man möchte sagen, etwas Apartes haben will und
somit in Gegensatz tritt zu der Sprache, wie sie das Volk spricht, das sich mit den übrigen
Worten begnügt. Für den amtlichen Gebrauch setzte sich daneben an vielen Orten Deutschlands der sogenannte Canzleistil fest. Ja derselbe hatte ob seiner allzugrossen Consequenz
und Gewissenhaftigkeit, mit der er sich Jahrhunderte lang in den einmal festgesetzten Formen
bewegte, das Unglück in ein arges Missverhältniss mit der unterdessen weiter fortgeschrittenen
Sprache zu gerathen und altmodisch zu werden. In Griechenland galt das Attische als
Sprache der Gebildeten, in Rom die lingua urbana (Gegens. l. rustica). Daneben hatte sich
gleichfalls ein amtlicher Sprachgebrauch entwickelt, den wir, da er uns auf Inschriften entge-
gentritt, Lapidarstil zu nennen pflegen[2], der sich allerdings durch grosse Knappheit und

---

1) Georg Büchmann, geflügelte Worte, 3. Aufl. Berlin 1866.
2) Hierher gehören besonders die Gesetzesformeln, Senats- und Volksbeschlüsse, Rechnungsablegungen der
Schatzmeister der athenischen Burggöttin und anderer Götter etc.

Kürze auszeichnet, eine Eigenschaft, die wir bei unserm Canzleistil mit der Diogeneslaterne suchten. In ähnlicher Weise erklärt sich auch die Kunstsprache bei Dichtern aller Zeiten und Völker, die nur in Folge ihres überaus fruchtbaren Gestaltungstriebes noch weiter geht auf eigenen Bahnen. Was soll ich schliesslich von den sogenannten Redensarteu oder Phrasen sagen und von den syntaktischen Fügungen („der syntaxis convenientiae")? Hier aber und in allen analogen Dingen gilt — und dies ist der Brennpunkt — das allmächtige Wort: „usus est tyrannus!"

Doch das conventionelle Element allein genügt noch nicht zur Erklärung der Formeln. Man muss dabei auch dem Metrum eine ziemliche Bedeutung beimessen. Vieles hierauf Bezügliche hat O. Böhmer [1]) gut dargestellt, wenn gleich er fast Alles auf das Metrum zurückführen möchte, womit man sich nicht einverstanden erklären kann; andrerseits aber hätte er die einzelnen Wortformen noch mehr als geschehen, zur Erklärung heranziehen sollen. Was in diesem Punkte zur Aufklärung dienen kann, findet sich unter Nr. III. Doch möchte ich selbst bei den einzelnen Wortformen, von denen ich dort besonders handeln werde, den metrischen Gesichtspunkt nicht ausschliesslich geltend machen; man wird auch darin ein gewisses Sich-Gewöhnen nicht in Abrede stellen können; denn in vielen Fällen konnte das betreffende Wort im Verse anders gestellt werden. Eine metrica necessitas ist sicher nur innerhalb enger Grenzen anzuerkennen.

Endlich übten grammatische und rhetorische Gesetze bei der Stellung der Wörter im Verse einen nicht zu unterschätzenden Einfluss aus [2]), indem also z. B. gewisse, den Satz beginnende Conjunctionen oder andere Wörter, auf denen ein besonderer Nachdruck liegt, auch im Verse an die 1. Stelle gesetzt wurden. Hierüber vergleiche Nr. II und III. Allerdings gehören hierher, wie leicht zu sehen ist, fast nur einzelne Wörter, jedoch an diese fügten sich dann nicht selten desto leichter andere an, und so entstanden kleinere oder grössere Formeln. Vgl. die Demonstrativpartikel ὥς und Formeln wie ὥς ἄρ' ἔφη, ὥς φάτο, ὥς ἄρ' ἐφώνησεν, ὥς ἄρα φωνήσας, ὥδε δέ τις εἴπεσκεν (19 Hom.), ὥς ἄρα τις εἴπεσκε (6 Hom.), ebenso ἀλλά und die die Formel ἀλλ' ἄγε μοι τόδε εἰπέ, meist mit dem Zusatz καὶ ἀτρεκέως κατάλεξον (s. oben).

Im Allgemeinen aber ist der Sitz der Formeln mehr in der 2. Hälfte des Verses, besonders am Ende, seltner am Anfange. Den Grund hierfür findet Böhmer [3]) darin, dass, da bei Homer und — fügen wir hinzu — bei den übrigen Epikern zugleich mit dem Verse auch ein neuer Gedanke zu beginnen pflegt [4]), seltner die Gelegenheit geboten war, gebräuchliche Formeln anzuwenden; auch wurden hier dem Dichter durch das Metrum nicht die Fesseln wie zu Ende auferlegt. Ebenso finden sich in der Mitte des Verses fast keine längern Formeln, da diese

---

1) Observationes de formulis Homericis, Lipsiae 1869, diss. inaug.
2) Schnorr von Carolsfeld, verborum collocatio Homerica, quas habeat leges et qua utatur libertate, Berolini 1864. Nr. I und II.
3) l. c. pag. 11 und 19.
4) Schnorr, pag. 51: „de versus Homerici natura ea, qua membro orationis similis est."

2

füglich doch zumeist in Zwischensätzen bestehen müssten, letztere aber der Einfachheit des Homerischen Sprachgebrauches zuwiderlaufen. Am Ende wurde wohl öfter unter Anderm auch deshalb mit eine kleine passende Formel herbeigezogen, um die noch übrigen Versfüsse auszufüllen, so z. B. wenn es *Δ* 346 heisst: *αἶψα δ' Ὀδυσσῆα προσεφώνεεν ἐγγὺς ἐόντα* ‖ etc., *π* 338 *ἄγχι παραστάς* ‖ etc., ebenso *μοῦνον ἐόντα* an andern Stellen. Derselbe Grund mag bisweilen bei den oben besprochnen Wortverbindungen vorgelegen haben, wie dem häufigen *ἀγορήσατο καὶ μετέειπεν* ‖ und dergl.

Selbstverständlich wurde nicht fortwährend für dieselbe Sache eine und dieselbe Formel angewandt, vielmehr herrscht auch hierin eine gewisse Abwechslung und Mannigfaltigkeit, und selbst in sehr gebräuchlichen Formeln kommen nicht selten Variationen vor. Die Anwendung der verschiedenen Gestalten ist oft davon abhängig, ob das vor einer Formel stehende Wort mit einem Vocale oder Consonanten schliesst, als Beispiel sei angeführt: *ποῖον ἔειπες* und *οἶον ἔειπες* ‖, *εἴλετο δ' ἔγχος* und *λάζετο δ' ἔγχος* ‖, *ἀχνύμενος κῆρ* und *χωόμενος κῆρ* ‖, vergl. auch *φίλην ἐς πατρίδα γαῖαν* und *φίλης ἀπὸ πατρίδος αἴης* ‖, oder wieviel Platz im Verse die vorhergehenden Worte in Anspruch nehmen, so wechseln *ποῖον*, *οἶον ἔειπες* mit *ποῖον τὸν μῦθον ἔειπες* ‖, oder *ποῖόν σε ἔπος φύγεν ἕρκος ὀδόντων* ‖, *αχν. χωομ. κῆρ* und *ἀκαχημένος* (-οι) *ἦτορ* ‖. Auch darf man nicht glauben, dass die Dichter in jedem möglichen Falle sich der vorhandenen Formeln bedienten; unzählige Male gestalteten sie die Gedanken in freierer Weise [1]).

Abgesehen von unserm deutschen Volksepos, um dies schliesslich noch zu erwähnen, findet sich zu der behandelten Erscheinung eine vortreffliche Analogie in den serbischen Volksgesängen, denen man ja in neuerer Zeit eine grössre Aufmerksamkeit geschenkt hat. Besonders interessant ist, dass noch jetzt in Serbien den Sängern in homerischer Weise ihre Kunst Lebensberuf ist. Es ist dort zwar noch kein Redactor erstanden, der die Einzellieder in Ein corpus gefügt hätte, dagegen soll ein Deutscher, Siegfried Kapper, derselbe, der eine Uebersetzung der „Gesänge der Serben" (Leipzig 1852) veröffentlicht hat, in seinem Buche „Lazar der Serben-czar" (1851) einen solchen Versuch gemacht haben. Das Altfranzösische und das Esthnische, dessen Volksgesänge im „Kalewipoeg" zu einer Epopöe vereinigt sind, bieten, wie mir mitgetheilt wurde, gleichfalls Analoges.

2. Auf eine Periode fruchtbaren Schaffens, in die auch die den homerischen Gesängen ähnliche Entstehung eines grossen Theiles der hesiodeischen Gesänge fällt, folgte eine weniger productive, in der die vorhandenen Lieder an Festen und an den Höfen freigebiger Fürsten von Rhapsoden vorgetragen wurden, und wenn auch mehrere Partieen der Ilias und Odyssee noch aus dieser Zeit stammen [2]), wenn auch vom 8. Jahrh. an die sogenannten Cykliker selbst ganze Epopöen dichteten — wie Arktinus die *Αἰθιόπις* und *Ἰλίου πέρσις*, — wenn auch noch Hymnendichter

---

1) Böhmer p. 1 ff. führt hierfür eine Fülle von Beispielen an.

2) Beispielsweise ist von Kirchhoff, Comp. der Od. p. 86, in sehr scharfsinniger Weise die Entstehung der den Büchern *x—μ* zu Grunde liegenden Dichtung frühestens gegen Ende des Zeitraumes Olymp. 7—24, in den die Localisirung der Argonautensage auf dem Gebiete von Cyzicus fällt, angesetzt, ihre Umarbeitung in die vorliegende Form aber nicht viel vor Ol. 30, d. i. Mitte des 7. Jahrh.

in den heiligen Hallen der Tempel den Preis der Götter sangen, — diese Dichtungen stehen den älteren weit nach: die Blüthezeit der epischen Poësie war vorüber. Doch schon hatte der dichterische Genius des griechischen Volkes sich einen neuen Tummelplatz bereitet. Inmitten einer Zeit, wo dem mehr zum Selbstbewusstsein erwachenden Volksgeist die bestehenden staatlichen Formen nicht mehr genügten, ist die Elegie aus dem Epos hervorgegangen. Der Zeit entsprechend gelangt in ihr die Subjectivität des Dichters zum Durchbruch. Wie aber eine Tochter der Mutter ähnelt, so trägt auch die Elegik deutlich die Kennzeichen ihres Ursprungs an sich, ihres Ursprungs aus der Epik. Die Verknüpfungspunkte beider sind das Metrum; denn das Distichon ist ja nichts Anderes als die Verbindung je zweier Hexameter, in deren zweitem die Thesis des 3. und 6. Fusses unterdrückt ist oder die Geltung einer Pause hat. Für des Sängers bewegte Brust passte der ruhige, gravitätische Gang des heroischen Verses nicht mehr. Daher führte, wie es heisst, Callinus, jene scheinbar geringe Aenderung ein, wodurch das Auf- und Abwogen der Empfindung seinen entsprechenden Ausdruck fand. Ein zweiter Verknüpfungspunkt ist die Sprache, die im Allgemeinen denselben Kunst- (nicht Volks-) Dialect repräsentirt, den wir in der epischen Poësie antreffen. Bei den älteren Elegikern zeigt sich die Verwandtschaft auch noch sehr deutlich im Satzbau; denn im Gegensatz zur spätern Zeit, in der es zur Gewohnheit ward, fast mit jedem Distichon einen Gedanken abzuschliessen, ergiesst sich hier der Rede Strom über mehrere Verse hin, ohne sich jene lästige Schranke zu setzen. Selbstverständlich ist ebenso wie in der Epik eine Zerreissung eng zusammengehörender Worte verpönt. Hinzugefügt kann werden, dass auch die Musikbegleitung beiden gemeinschaftlich war [1]). Bloss das Instrument war verschieden; denn während die Aöden der Phorminx sich bedient hatten, gebrauchten die Elegiker die leidenschaftlichere Flöte, welche ihrer Dichtung mehr zusagte. Die ganze Vortragsart können wir uns natürlich, wie beim Epos, nur recitativartig denken, so dass ein Präludium vorausging, um die Zuhörerschaft in Festesstimmung zu versetzen, und der gehobene Vortrag an gewissen Stellen durch Flötenspiel unterbrochen wurde. Schliesslich ist sogar der Inhalt zu erwähnen, der in der ältesten Elegie, d. i. der des Callinus und Tyrtaeus, politisch, hauptsächlich kriegerisch ist, also in Uebereinstimmung mit dem grössten Theile der Lieder des Trojanischen Sagenkreises, die den Kleinasiaten doch am nächsten lagen und auch den Spartanern, bei denen sie schon in grauer Vorzeit (durch Lycurg)[2]) eingeführt worden waren, mehr zusagten. Könnte uns nicht schon der Ausspruch des Königs Cleomenes I. davon überzeugen: „Homer sei der Dichter der Lacedämonier, da er lehre Krieg zu führen, Hesiod dagegen der Dichter der Heiloten, weil er den Ackerbau empfehle" [3]), so müsste man es doch aus dem ritterlichen Character jener schliessen. Selbst die behagliche epische Breite lässt sich noch

---

1) Es scheint jedoch, dass dieselbe in der Folge meist wegblieb, hauptsächlich bei Gedichten politischen Inhalts, und rein recitirender Vortrag eintrat, wenn gleich natürlich für Lieder der Liebe oder der Festesfreude der alte Brauch sich bewahrte. Wir hätten also in der Hauptsache denselben Entwickelungsgang wie beim Epos vor uns; denn die Rhapsoden, die mit einem Zweig in der Hand auftraten, können bloss recitirt haben.

2) Heracl. Pont. c. 2, Plut. Lyc. c. 4, und Julius Franz Lauer, Geschichte der hom. Poësie, Berlin 1851, p. 226 ff.

3) Aelian. var. hist. XIII, 19.

verspüren; denn auch die Elegiker haben ihr Vergnügen daran uns ein bis auf Einzelheiten möglichst genaues Bild von einer Sache vorzuführen.

Zur Kenntnissnahme der metrischen Gesetze, der Musik, der Kunstsprache war nothwendigerweise eine gewisse Schulung erforderlich. Und sicher gab es, wenigstens in ältester Zeit, elegische Dichterschulen oder wenigstens etwas dem Aehnliches. Aus ihnen trat der Einzelne, nachdem er an der liebevollen Hand des väterlichen Freundes herangebildet worden war, selbständig schaffend hervor. Man hüte sich ja die Forderungen, die an einen elegischen Dichter gestellt wurden, zu unterschätzen. Könnte Jemand beispielsweise glauben, dass die Musik etwa der Art gewesen sei, wie sie von unsern Bänkelsängern gehandhabt wird, denen meist ein Paar unreine Akkorde auf einem altersschwachen Instrumente ausreichen, der würde einestheils vollständig verkennen, dass bei den Griechen das Verständniss für wahre Kunst viel tiefer als bei uns gedrungen war, anderntheils der Ueberlieferung ins Gesicht schlagen. Denn wenn einer der genialsten Dichter, Mimnermus, von dem späteren Hermesianax gerade seines Flötenspieles wegen, gefeiert wird, beweist das nicht zur Genüge, wie eifrig die Musik von den Elegikern gepflegt wurde? Die Pflege der Tonkunst erstreckte sich bei jenem sogar auf seine heissgeliebte Nanno, welche Athenäus αὐλητρὶς nennt [1]). Und wenn ferner Mimnermus an den ionischen Thargelien den Κραδίας νόμος (die Feigenweise?) geblasen haben soll, offenbar in Verbindung mit dem Vortrag einer Elegie — Plutarch de Mus. cap. 8 sagt: Καὶ ἄλλος δὲ ἐστὶν ἀρχαῖος νόμος καλούμενος Κραδίας, ὅν φησιν ‘Ιππῶναξ Μίμνερμον αὐλῆσαι· ἐν ἀρχῇ γὰρ ἐλεγεῖα μεμελοποιημένα [2]) οἱ αὐλῳδοὶ ᾖδον [3]) — so kann man wohl folgern, dass es für elegische Dichtungen überhaupt verschiedene bestimmte Weisen gegeben habe, damit Musik und Inhalt in schönster Harmonie stünden. Gewiss musste sich der Dichter auch in vielen Fällen, wo ihm die alte Weise nicht zusagte, eine neue componiren, nicht anders als unsre höfischen Dichter, welche die Weise, die sie auf dem Instrumente begleiteten, zu erfinden hatten [4]), also auch keine Bänkelsänger gewesen sein können. Dass man hierzu des Unterrichts bedurfte, wird mir wohl Jeder zugeben. Doch was hauptsächlich für meine Ansicht über die Pflege der Elegik spricht, ist die unleugbare Thatsache, dass der Einzelne, sich allein überlassen, nicht so getreu wie hier zu Tage tritt, an hergebrachten Formen festgehalten, sondern sich viel freier, verschiedenartiger entwickelt hätte. Auch fehlt es uns für solche Schulen nicht an Parallelen. So treffen wir zunächst eine lyrische Dichterschule oder -Genossenschaft auf Lesbos [5]), über die wir hinsichtlich der Zeit, wo die berühmte Sappho ihr vorstand, durch Suidas s. v. Σαπφὼ Σίμωνος Kunde haben.

---

1) Athen. XIII, 597 und daselbst Hermesianax vs. 35 ff. (ed. Meineke).

2) Der Ausdruck ist nicht ganz correct, vgl. was oben über die musikalische Begleitung gesagt ist.

3) Vgl. Hesych. s. v. κραδίης νόμος. νόμον τινὰ ἐπαυλοῦσι τοῖς ἐκπεμπομένοις φαρμάκοις κράδαις καὶ θρίοις ἐπιρραβδιζομένοις.

4) Weinhold, die deutschen Frauen in dem Mittelalter, Wien 1851, p. 103.

5) Ich glaube von ständigen Schulen auf Lesbos sprechen zu dürfen, da ja die lyrische Poesie in so engem Zusammenhange mit den vielen heitern und ernsten religiösen Festen stand, dass ihre Pflege dringend geboten war. Ueberdem sagt der Elegiker Phanokles (Stob. Flor. LXIV, 14 El. vs. 21.2: 'Εκ κείνου (seit Orpheus' Haupt auf Lesbos angeschwommen sei) μολπή τε καὶ ἱμερτὴ κιθαριστύσ ‖ νῆσον ἔχει, πασέων δ'ἐστὶν ἀοιδοτάτη. ‖

Dort heisst es: *Ἑταῖραι δὲ αὐτῆς καὶ φίλαι γεγόνασι τρεῖς, Ἀτθίς, Τελεσίππα, Μεγάρα, πρὸς ἃς καὶ διαβολὴν ἔσχεν αἰσχρᾶς φιλίας. Μαθήτριαι δὲ αὐτῆς Ἀναγόρα Μιλησία, Γογγύλα Κολοφωνία, Εὐνείκα Σαλαμινία* [1]). Die beste Einsicht aber in das Leben und Treiben dieser Schule gestatten uns die leider nur äusserst spärlich erhaltenen Fragmente der grossen Dichterin. Ebenso können die **epischen Sängerschulen** oder -Genossenschaften angeführt werden, in denen sich die späteren Aöden innungsartig vereinigten [2]). Eine noch grössere Stütze findet meine Annahme in Folgendem. Es ist nämlich ein höchst merkwürdiger, wie es scheint, zu wenig beachteter Zug in der griechischen Poësie, dass wir so häufig — und in wie viel Fällen mögen uns Nachrichten fehlen! — bei Koryphäen auf ganze Dichter-*γένη* stossen, die die Kunst **traditionell** in ihrem Schoosse pflegten; ein Geschlecht vererbte sie so zu sagen auf das andere, das sie dann weiter fortzubilden hatte; ja in den musischen Künsten überhaupt spielt die Tradition eine grosse Rolle. So gehörte der Lyriker **Stesichorus** einem Geschlechte an, in welchem die Beschäftigung mit der Poësie herkömmlich war, ebenso der berühmte **Simonides von Keos**. Am bekanntesten ist wohl die Pflege der musischen Künste in den Familien der **drei grossen Tragiker**. Hier sind wir auch am genausten unterrichtet und stossen zumal bei **Aeschylus** auf einen ziemlich ausgebreiteten Stammbaum. Ferner pflegten die athenischen **Euniden** in ihrem Schoosse das Citherspiel und mussten damit bei Processionen aufwarten; die **Eumolpiden** („die Schönsingenden") im attischen Eleusis, die in historischer Zeit das Amt der Hierophanten im Dienste der Demeter versahen, beschäftigten sich früher mit Absingung von Hymnen (des Orpheus, Musaeus, Pamphus) zum Preise dieser Göttin; ebenso waren die attischen **Lykomeden** Hymnensänger, die später gleichfalls am eleusinischen Demeterdienste theilnahmen. Auch **Terpandros** scheint einem solchen Musiktreibenden *γένος* angehört zu haben [3]). Ja des **Mimnermus** patronymischer Name *Λιγυαστάδης* (Solon 20, 3), über den Suidas v. M. *Λιγυστιάδου* sagt: *ἐκαλεῖτο δὲ καὶ Λιγυαστάδης διὰ τὸ ἐμμελὲς καὶ ἡδύ,* scheint darauf hinzudeuten, dass selbst dieser gefeierte Dichter einem Geschlechte entsprossen, in dem vielleicht nicht nur, wie O. Müller glaubt [4]), das **Flötenspiel**, sondern allgemeiner die **elegische Kunst** sich fortpflanzte. Eine so weit verbreitete Erscheinung aber berechtigt uns, meine ich, zu dem Schlusse, dass die Pflege der Dichtkunst überhaupt, also auch der Elegie, in der **besten Zeit** eine traditionelle war, in dem Schoosse der *γένη* oder in einer Art von Schulen, resp. Genossenschaften. Die vorgetragene Hypothese gewinnt an Wahrscheinlichkeit, wenn wir unsere Blicke noch etwas weiter schweifen lassen. Ist es nicht ein Grundzug des

---

1) Dass auch die *ἑταῖραι* Schülerinnen waren, nur solche, die der Sappho besonders nahe standen, ist ohne Bedenken anzunehmen; der Suidasartikel scheidet sie bloss von den *μαθήτριαι* wegen der albernen Notiz *πρὸς ἅς* etc.

2) Diese sind gut bezeugt, s. **Sengebusch**, Hom. diss. II. pag. 47 ff. und 70.

3) K. O. **Müller**, Gesch. der griech. Litteratur, Bd. I, pag. 40 und 267; 358; 375. Bd II, pag. 185 ff.

4) l. c. I, p. 187. 8. Obgleich ich das Etymon des 2. Bestandtheiles nicht anzugeben vermag (denn *ἄδω* und *ἀστός*, an die allenfalls gedacht werden könnte, passen theils der Form, theils des Sinnes wegen nicht), so kann sich doch der Name recht gut auf den **gehobenen dichterischen Vortrag** beziehen, vgl. *λιγύφθογγος* bei Homer, ebenso *λιγὺς ἀγορητής* etc. Auch die Erklärung des Suidas würde dem durchaus nicht entgegenstehen.

griechischen Charakters, sich in hergebrachten Formen zu bewegen? Im Staate tritt uns dies entgegen in der Eintheilung des Volkes in Phylen, Phratrien, Geschlechter, die stets eine gewisse Abgeschlossenheit bewahrten, im geselligen Leben in der Erblichkeit so vieler technischer Kenntnisse und Beschäftigungen innerhalb der Familien und Geschlechter von ältester Zeit an bis tief in die geschichtliche hinein. Vor allem treffen wir die Erblichkeit bei dem P r i e s t e r - t h u m e an; sonst ist zu erinnern an die K ü n s t l e r s c h u l e n, ärztlichen G e n o s s e n - s c h a f t e n, Geschlechter von H e r o l d e n, ja auch von K ö c h e n (bei den Lacedämoniern) etc. Der äussere Kitt, der solche Verbände eng zusammenhielt, pflegte ein gemeinschaftlicher Cultus zu sein mit einem Heros an der Spitze, von dem das Geschlecht seinen Namen ableitete. Ihre tiefere Begründung aber findet die ganze Erscheinung in der H e i l i g k e i t d e r e r e r b t e n S i t t e [1]).

Was die eigentliche Dichtkunst anlangt, so beschäftigte man sich in den Elegikerschulen oder -Geschlechtern vor allen Dingen mit der epischen Poësie, zumal mit den homerischen Gesän- gen: man lernte die Verse auswendig, bildete den Geschmack daran und merkte sich so eine Fülle von Formeln, um sie bei Gelegenheit selbst anzuwenden. Dies lag ganz in der Natur der Sache, indem sich infolge der oben angeführten Verknüpfungspunkte der Brauch der Epiker auch in den $\gamma\acute{\varepsilon}\nu\eta$ der Elegiker fortpflanzen musste. War auch wahrscheinlich die Naivetät, die, wie wir sahen, bei der Nachahmung mit wirksam gewesen war, nach und nach geschwunden, so war doch dafür die G e w o h n h e i t desto mehr massgebend geworden. Aber selbst abgesehen von dem engen Zusammenhange beider Dichtungsgattungen: die epische, besonders die homerische Poësie durchdrang mit solcher Macht alle Seiten des griechischen Lebens, war so sehr Gemeingut des Volkes und so beliebt [2]), dass der elegische Dichter an sie anknüpfen musste, damit ersichlich wäre, dass er an diesem Urquell gelernt, aus ihm geschöpft habe, dass er den Ausgangspunkt aller wahren Poësie nicht verkenne. Daher noch dasselbe fleissige Studium Homers bei den drei grossen Tragikern [3]). Wie sehr des gewaltigen Aeschylus Schöpfungen auf homerischem Grund und Boden fussten, bezeugen wohl am besten seine eigenen Worte, wodurch er jene als $\tau\varepsilon\mu\acute{\alpha}\chi\eta$ $\tau\tilde{\omega}\nu$ $O\mu\acute{\eta}\varrho\sigma\upsilon$ $\mu\varepsilon\gamma\acute{\alpha}\lambda\omega\nu$ $\delta\varepsilon\acute{\iota}\pi\nu\omega\nu$ „Brosamen von Homers reichem Mahle" bezeichnete. Und So- phocles, dessen Genius doch der tragischen Kunst neue und glänzendere Bahnen erschloss,

---

1) C. Fr. H e r m a n n, gr. Staatsalterth. 4. Aufl. § 5 p. 18 und pag. 20 not. 16.

2) Welcher Verbreitung sich die homerischen Gedichte erfreuten, beweist, dass sie auch in historischer Zeit an Festen vorgetragen wurden, wie in Athen an den P a n a t h e n ä e n, zu denen Griechen aus Nah und Fern her- beiströmten, und an andern Festen und an andern Orten. S e n g e b u s c h, Hom. dissert. II. p. 107 ff. Ja dieselben bildeten in Athen einen wesentlichen Unterrichtsgegenstand: der Lehrer las die Verse vor, der Knabe hörte sie und lernte sie auf diese Weise auswendig. J. L. U s s i n g, Darstellung des Erziehungs- und Unterrichtswesens bei den Gr. und Röm. Altona 1870. Gewiss war es so auch in anderen Städten, wie uns der bekannte Vers des Xe- nophanes (Herodian $\pi\varepsilon\varrho\grave{\iota}$ $\delta\iota\chi\varrho$. p. 366 ed. Lehrs): $\dot{\varepsilon}\xi$ $\dot{\alpha}\varrho\chi\tilde{\eta}\varsigma$ $\varkappa\alpha\vartheta'$ $"O\mu\eta\varrho\sigma\nu$ $\dot{\varepsilon}\pi\varepsilon\grave{\iota}$ $\mu\varepsilon\mu\alpha\vartheta\acute{\eta}\varkappa\alpha\mu\varepsilon\nu$ $\pi\acute{\alpha}\nu\tau\varepsilon\varsigma$ zeigen kann. Den Einfluss der hom. Poësie auf Kunst, Religion und Wissenschaft hat besonders L a u e r l. c. p. 32 ff. in ein glänzendes Licht gestellt.

3) Vgl. M. L e c h n e r, de Aeschyli studio Homerico, Berol. 1862; id. de Sophocle poëta $'O\mu\eta\varrho\iota\varkappa\omega\tau\acute{\alpha}\tau\omega$, Erlang. 1859; id. de Homeri imitatione Euripidea, Erlang. 1864.

bewahrte am treuesten den homerischen Character, worüber das Alterthum des Lobes voll ist, daher wird er genannt: φιλόμηρος, ζηλωτὴς Ὁμήρου, Ὅμηρος τραγικός, Ὁμήρου μαθητής, ja der Philosoph Polemo soll ihn Ὅμηρον τραγικόν, den Homer aber ἐπικὸν Σοφοκλέα genannt haben [1]).

Es wollten und konnten also die Elegiker von dem Brauche der Epiker nicht abweichen. Das Fehlen von Reminiscenzen, soweit es überhaupt möglich ist, kann uns bloss als Beweis gelten, dass der Dichter mit einer bestimmten Tendenz verfahren sei. So wird sich derselben zum Theil wohl absichtlich Xenophanes enthalten haben, da er als Philosoph und Freigeist die seiner Ansicht nach unwürdigen Vorstellungen vom Wesen der Götter bei Homer und Hesiod bekämpfte, wie seine bekannten Verse bei Sext. Empir. adv. Mathem. IX, 193: πάντα θεοῖς ἀνέθηκαν Ὅμηρός θ' Ἡσίοδός τε ‖ ὅσσα παρ' ἀνθρώποισιν ὀνείδεα καὶ ψόγος ἐστὶν ‖ [2]) und Elegie I, 20 ff. uns lehren, und in Folge dessen der ganzen epischen Poësie nicht eben sehr gewogen sein mochte. Und so finden sich denn in seiner 1. Elegie gar keine Nachahmungen, in den übrigen nur äusserst wenige. Das reine Gegentheil tritt uns bei Hipponax entgegen, der die Nachahmungen sucht, da er Homer parodirt, was obendrein Athenaeus XV, 698 B bezeugt mit den Worten: εὑρέτην μὲν οὖν τοῦ γένους (scil. παρῳδιῶν) Ἱππώνακτα φατέον τὸν ἰαμβοποιόν· λέγει γὰρ οὖν ἐν τοῖς ἑξαμέτροις· Μοῦσά μοι Εὐρυμεδοντιάδεα etc. fr. 85, 1, das Ganze soll unbedingt eine Nachahmung des Anfanges der Odyssee sein; über Einzelnes s. unten. Uebrigens wäre das uns erhaltene Fragment, da es nur aus Hexametern besteht, genau auszuschliessen gewesen, ebenso fast alle Fragmente des Phocylides; allein ich habe sie mit herangezogen, weil, wie im Vorwort bemerkt, diese Arbeit zugleich ein Seitenstück zu meiner früheren bilden sollte.

3. Dass jedoch bei den Elegikern gar häufig Abweichungen von den epischen Formeln vorkommen, darf uns nicht wundern. Der Elegie als der Poësie der Gegenwart, die in einer von politischen Ereignissen so gewaltig erschütterten Zeit zur Blüthe kam und in das volle Leben mitten hineingriff, konnten viele alte Formeln nicht mehr zusagen, die sich für die Poësie der Vergangenheit wohl geeignet hatten. So mussten sich für die Epitheta ornantia viel häufiger solche einstellen, die mehr den vom Augenblick gegebenen Verhältnissen Rechnung trugen. Wie wenig dergleichen hat z. B. Theognis! Viele beliebte Uebergänge (besonders bei Reden) und Wendungen, wie sie für den Erzählungston höchst angemessen waren, mussten in Wegfall kommen, immer mehr, je verschiedenartiger die Gebiete waren, die die Elegiker bebauten. Am allerwenigsten werden wir erwarten können, dass sich nachgeahmte ganze Verse finden, da doch bei den elegischen Gedichten infolge ihres geringen Umfanges gerade ein für das Epos (pag. 4.) angeführter gewichtiger Grund nicht geltend gemacht werden könnte. Auch die nicht unbedeutende Verschiedenheit des Metrums musste die Uebereinstimmung sehr beeinträchtigen. Daher haben oft Formeln den Platz gewechselt, und ähnliche Wörter sind an

---

[1]) Sengebusch, Hom. diss. I, pag. 170. 1. und Lauer pag. 32 ff.
[2]) Ferner vgl. Sext. Empir. I, 289, Aristot. Rhet. II, 23, 18. 27. pag. 1399 f. und vor Allen Platon, Polit. II, 377 D ff.; besonders geschah es in den Jamben.

Stelle dieses oder jenes in der alten Formel enthaltenen getreten. Dass überhaupt aber — abgesehen von den bisher erwähnten Gründen — die epischen Formeln nicht im Uebermasse gebraucht sind, dass die Dichter vielmehr hierin das richtige Mass zu finden wussten, das kann uns meiner Ansicht nach zugleich als ein neuer schöner Beleg gelten für das im ganzen griechischen Alterthume uns so oft entgegentretende μηδὲν ἄγαν.

Verhältnissmässig die meisten Reminiscenzen sind, wie man nach dem Obigen leicht errathen kann, in den Gedichten politischen (kriegerischen) Inhalts zu finden, besonders also bei Callinus und Tyrtaeus. Am häufigsten sind begreiflicherweise die homerischen Gesänge nachgeahmt. Solon und Theognis schöpften auch unmittelbar aus Hesiod (freilich sind der hieher gehörigen Stellen nicht viele), mit dem sie übrigens eine gewisse geistige Verwandtschaft zeigen und der infolge dessen besonders auf die ganze Anschauungsweise des Theognis einen grossen Einfluss ausgeübt hat [1]). Bei den kleinasiatischen Dichtern findet sich von der Hesiodeïschen Muse fast keine Spur, ebensowenig bei Tyrtaeus [2]). Wie wenig will auch der nüchterne Ton derselben mit dem Charakter eines Callinus, Mimnermus und des spartanischen Sängers harmoniren, ja überhaupt mit dem Charakter ihres Volks-Stammes! [3]) Die Hymnen fungiren so gut wie gar nicht als Originale, dasselbe gilt von den fragmentarisch überlieferten Epikern. Schon dieser Umstand hat mich bewogen die Reminiscenzen nicht je nach den einzelnen epischen Dichtern zu ordnen, von denen sie zu stammen scheinen. Ausserdem aber mussten mir ja meinem Standpuncte gemäss die Namen jener ganz gleichgültig sein, denn die homerischen Gedichte sind, wie wir sahen, aus ganz verschiedner Zeit und von verschiednen Dichtern; nicht viel anders verhält es sich mit den Hesiodeïschen [4]), auch den homerischen Hymnen (deren Entstehungszeit wohl am unsichersten ist) muss Jeder ansehen, wieviel Jüngeres neben Aelterem, wieviel Verschiedenartiges dieser Name in sich schliesst; es würde sich also möglicherweise bisweilen ereignen, dass das, was für unsre Elegiker scheinbar Original gewesen ist, es der Zeit nach gar nicht gewesen sein könnte. Und so fasse ich denn die Formeln insgesammt als Gemeingut der ganzen ältern Epik auf. Stellte man sämmtliche Formeln aus Homer etc. zusammen, so würde man zum nicht geringen Theile das eigenthümliche Gepräge der ältern epischen Poësie vor Augen haben; denn dieses besteht neben der Sprache in dem Formelapparate. Es folgt aus dem Gesagten einestheils, dass ich bei Aufzählung der Formeln stets sämmtliche Epiker angeben musste, bei denen sie sich finden, anderntheils dass wir Nachahmungen weniger epischer Stellen (vorausgesetzt dass sie sich als formelhaft erweisen) nicht so ansehen dürfen, als ob nun gerade sie dem betreffenden Elegiker vorgeschwebt hätten, was doch zumal bei kleinern Verstheilen höchst unwahrscheinlich ist, vielmehr kann derselbe ebenso

---

1) Hierüber kann man sich gut in Welckers sorgfältiger Ausgabe des Theognis orientiren.
2) II B) 86 kann natürlich nicht in Betracht kommen.
3) Vergl. oben den Ausspruch des Kleomenes.
4) So sind, um ein recht in die Augen springendes Beispiel zu wählen, nach Kirchhoff, Comp. der Od., pag. 59, die unter Hesiods Namen überlieferten Eöen, von denen einige Bruchstücke erhalten sind, erst zwischen Ol. 40 und 50 abgefasst.

gut 'andere in verloren gegangnen Partieen der epischen Poësie enthaltene wie die auf uns ge-
kommenen gekannt haben. Wie Vieles aber aus der Blüthezeit der Epik verloren gegangen sein
mag, davon kann uns nicht nur die Menge hesiodeïscher Fragmente überzeugen, sondern vor
Allem die Erwägung, dass, gemäss der Entstehungsart der homerischen Gesänge, gewiss oft
verschiedene Dichter denselben Gegenstand behandelten, und nur das Lied, das sich allgemeinen
Beifalls erfreute [1], den Sturm der Zeiten überdauerte. Wenn ich das Certamen Hesiodi et Homeri, ein gewiss ziemlich spätes Machwerk, mit herangezogen habe, so geschah dies nur, weil
es zeigen kann, wie geläufig so manche Verse jener Epiker waren [2].

4. Ausser den eigentlichen Formeln habe ich noch zwei andere Arten von Reminiscenzen
berücksichtigt (im Folgenden No. I und III). Ueber diese sowohl als über jene müssen hier
noch einige speciellere Bemerkungen Platz finden.

I. Direote Nachahmungen bestimmter episoher nicht formelhafter Stellen von grösserem Umfange.

Es liegt meistens ein vollständiger Satz vor, wodurch wenigstens eine Vershälfte ausgefüllt
wird. Nur selten hatte der Dichter zwei Originale vor Augen.

a) Bestimmte Stellen sind treu nachgeahmt, meist auch im Rhythmus. Vollständig nachgeahmte ganze Verse finden sich nur bei Theognis 425 und 821, darüber siehe zu den betreffenden Stellen.

b) Dem Dichter schwebte wenigstens eine Stelle ähnlichen Inhalts vor, nach deren
Analogie er seinen Gedanken formte. Der Sinn allein kann natürlich für uns nicht entschei-
dend sein; sonst könnte man im Theognis viele Nachahmungen aus Hesiods opp. finden (dergleichen bei Welcker und in Schneidewins delectus verzeichnet sind). Mag auch Theognis, wie
oben angedeutet, im Allgemeinen von Hesiod beeinflusst worden sein, für jeden einzelnen
Fall diese Abhängigkeit confident beweisen zu wollen, wäre pedantisch. Als ob Jemand nicht
einmal denselben Gedanken wie ein andrer fassen könnte!

Demnach sind auch, als reine Parallelstellen, auszuschliessen:

Theognis 91, 2: ὃς δὲ μιῇ γλώσσῃ δίχ᾽ ἔχει νόον οὗτος ἑταῖρος ‖ δειλός, Κύρν᾽, ἐχθρὸς
βέλτερος ἢ φίλος ὤν ‖ . — Vgl. I 312 Ἐχθρὸς γάρ μοι κεῖνος ὁμῶς Ἀΐδαο
πύλῃσιν, ‖ ὅς χ᾽ ἕτερον μὲν κεύθει ἐνὶ φρεσίν, ἄλλο δὲ εἴπῃ ‖ .

Theognis 547: Μηδένα πω κακότητι βιάζεο, τῷ δὲ δικαίῳ ‖ τῆς εὐεργεσίης οὐδὲν ἀρειό-
τερον. ‖ — χ 373 ὡς κακοεργίης εὐεργεσίη μέγ᾽ ἀμείνων ‖ .

Theognis 788: οὕτως οὐδὲν ἄρ᾽ ἦν φίλτερον ἄλλο πάτρης ‖ . — ι 34 ὡς οὐδὲν γλύκιον ἧς
πατρίδος οὐδὲ τοκήων ‖ γίγνεται.

---

1) Missfallen konnte ein Lied, weil dieser oder jener feindliche Held die vaterländischen zu sehr verdunkelte,
oder weil zu moderne Anschauungen hineingebracht waren, oder die Sprache zu schwülstig erschien etc.

2) Da ich von einem epischen Gemeingute spreche, so möge man mir es nicht verargen, dass ich an einigen Stellen
aus Düntzers Sammlung Dichter citirt habe, die jünger als unsre Elegiker sind.

Theognis 985: αἶψα γὰρ ὥστε νόημα παρέρχεται ἀγλαὸς ἥβη ‖ . — Ο 80 ὡς δ᾽ ὅτ᾽ ἄν
ἀΐξῃ νόος ἀνέρος, ὅς — ‖ ὡς κραιπνῶς μεμανῖα διέπτατο πότνια Ἥρη ‖ .
Vgl. Schol. Venet. A zu dieser Stelle: Τὸ παροιμιακὸν τὸ Διέπτατο δ᾽ ὥστε
νόημα ἔκ τε τούτων καὶ τῶν κατὰ τὴν Ὀδύσσειαν (η 36) σύγκειται. Τῶν
νέες ὠκεῖαι ὡσεὶ πτερὸν ἠὲ νόημα, οὐκ ὂν παρ᾽ οὐδένι ποιητῇ.

II. Die eigentlichen Formeln.

A. kleine Sätze oder blosse Wortverbindungen mit Ausschluss der Epitheta ornantia.

Unter dieser Abtheilung findet man auch die besprochnen copulativen Wortverbindungen,
deren geringe Zahl mich abhielt dieselben unter eine besondre Rubrik zu stellen.

B. Epitheta ornantia:

a) zu denselben Wörtern tretend wie in der epischen Poësie;

b) zu andern Wörtern, die jedoch wenigstens einen ähnlichen Begriff bilden. Einige
von diesen hätten allenfalls unter III. untergebracht werden können, da sie eigentlich zu keiner
bestimmten Formel gehören.

Selbst wenn wenige epische Stellen vorliegen, bin ich geneigt Formeln zu constatiren, sobald
der Rhythmus derselbe ist und vielleicht Analogieen dafür sprechen, dass ein Wort in der Epik
ein häufiges Epitheton ornans gewesen ist. —

Nach Allem, was oben über die Beschaffenheit der Formeln gesagt worden ist, können
die folgenden Stellen nur für scheinbare Nachahmungen (oder Parallelstellen) gehalten werden:

1. Callinus 1, 12: οὐ γάρ κως θάνατόν γε φυγεῖν εἱμαρμένον ἐστίν ‖ .
    Solon 24, 9 (Theognis 727): οὐ δ᾽ ἄν ἄποινα διδοὺς θάνατον φύγοι ‖ . — B 401
    εὐχόμενος θάνατόν τε φυγεῖν καὶ μῶλον Ἄρηος ‖ Α 60 εἴ κεν θάνατόν γε
    φύγοιμεν ‖ μ 157 θάνατον καὶ κῆρα φύγωμεν ‖ etc.

2. Tyrtaeus 10, 5: καὶ πατρὶ γέροντι ‖ . — Α 358 Ρ 324 Σ 36 παρὰ πατρὶ γέροντι ‖ .

3. Tyrtaeus 10, 7. 8: ἐχθρὸς μὲν γὰρ τοῖσι μετέσσεται, οὕς κεν ἵκηται ‖ χρησμοσύνῃ τ᾽ εἴκων
    καὶ στυγερῇ πενίῃ ‖ . Theognis 388: χρησμοσύνῃ εἴκων— ‖ . Theognis
    823: κέρδεσιν εἴκων ‖ . — ξ 157 ἐχθρὸς γάρ μοι κεῖνος ὁμῶς Ἀΐδαο
    πύλῃσιν ‖ γίγνεται, ὃς πενίῃ εἴκων ἀπατήλια βάζει ‖ Ν 224 οὔτε τις ὄκνῳ‖
    εἴκων. Κ 122 οὔτ᾽ ὄκνῳ εἴκων οὔτ᾽ ἀφραδίῃσι νόοιο ‖ , und so wird das
    Particip noch öfter gebraucht.

4. Tyrtaeus 10, 9: αἰσχύνει τε γένος, κατὰ δ᾽ ἀγλαὸν εἶδος ἐλέγχει ‖ . — Ζ 209
    μηδὲ γένος πατέρων αἰσχυνέμεν— ‖ und Hes. op. 814 σὲ δὲ μήτι νόον κατε-
    λεγχέτω εἶδος ‖ .

5. Tyrtaeus 10, 16: μηδὲ φυγῆς αἰσχρᾶς ἄρχετε μηδὲ φόβου ‖ . — Ρ 597 πρῶτος Πηνέλεως
    Βοιώτιος ἦρχε φόβοιο ‖ .

6. Tyrtaeus 11, 14: τρεσσάντων δ᾽ ἀνδρῶν πᾶσ᾽ ἀπόλωλ᾽ ἀρετή ‖ . — Ξ 522 ἀνδρῶν
    τρεσσάντων, ὅτε τε Ζεὺς ἐν φόβον ὄρσῃ ‖ .

7. Tyrtaeus 11, 23: μήρους τε κνήμας τε κατω καὶ στέρνα καὶ ὤμους ‖. — Θ 134 f. φυήν γε μὲν οὐ κακός ἐστιν, ‖ μηρούς τε κνήμας τε καὶ ἄμφω χεῖρας ὕπερθεν ‖. Da die Wortverbindungen, von denen oben die Rede, viel seltener am Anfange vorkommen, ausserdem aber, wie erhellt, es dem Dichter überhaupt auf ein Specialisiren der Körpertheile ankam, so kann hier von einer Formel nicht die Rede sein.

8. Tyrtaeus 12, 3: μέγεθός τε βίην τε ‖. — Η 288: Αἶαν, ἐπεί τοι δῶκε θεὸς μέγεθός τε βίην τε ‖ καὶ πινυτήν. Dies die einzige Stelle, wo derselbe Versschluss. Des bei Homer folgenden καὶ πινυτήν wegen kann ich die Worte nicht als Formel, sondern nur als zufällige Uebereinstimmung ansehen.

9. Mimnermus 1, 3: καὶ μείλιχα δῶρα καὶ εὐνή ‖. — Hymn. 10, 1. 2: Κυπρογενῆ Κυθέρειαν ἀείσομαι, ἥτε βροτοῖσι ‖ μείλιχα δῶρα δίδωσιν.

10. Mimnermus 2, 9: αὐτὰρ ἐπὴν δὴ τοῦτο τέλος παραμείψεται ὥρης ‖ 3, 1: ἐπὴν παραμείψεται ὥρη ‖. — Hes. op. 409 ἡ δ' ὥρη παραμείβηται — ‖

11. Mimnermus 12, 11: ἔνθ' ἐπέβη ἑτέρων ὀχέων Ὑπερίονος υἱός ‖. — Ε 221 ἀλλ' ἄγ ἐμῶν ὀχέων ἐπιβήσεο — ‖ Δ 512 ἄγρει, σῶν ὀχέων ἐπιβήσεο — ‖ 517 αὐτίκα ὧν ὀχέων ἐπεβήσετο — ‖ Hymn. 5, 377 ἡ δ' ὀχέων ἐπέβη — ‖. Der Ausdruck ist auch in Prosa gebräuchlich.

12. Solon 4, 30: εἰ καί τις φεύγων ἐν μυχῷ ᾖ θαλάμου ‖. — Ρ 36 μυχῷ θαλάμοιο νέοιο ‖ Χ 440 π 285 χ 180 ψ 41.

13. Solon 22, 2: οὐ γὰρ ἁμαρτινόῳ πείσεται ἡγεμόνι ‖. — Hes. theog. 511 ἁμαρτίνοον τ' Ἐπιμηθέα ‖.

14. Solon 13, 60: κοὐκ ἄν τις λύσαιτ' ἤπια φάρμακα δούς ‖. — Δ 218: ἐπ' ἄρ' ἤπια φάρμακα εἰδώς ‖ πάσσε — ‖. [Δ 515] Δ 830 ἐπὶ δ' ἤπια φάρμακα πάσσε ‖.

15. Phocylides 7, 1: μελέτην ἔχε πίονος ἀγροῦ ‖. — Hes. op. 457 τῶν πρόσθεν μελέτην ἐχέμεν οἰκήϊα θέσθαι ‖.

16. Archilochus 9, 5: ἀνηκέστοισι κακοῖσιν ‖ Theognis 76: μήποτ' ἀνήκεστον, Κύρνε, λάβῃς ἀνίην ‖. — Ε 394 τότε καί μιν ἀνήκεστον λάβεν ἄλγος ‖. Ο 217 ἀνήκεστος χόλος ἔσται ‖ Hes. theog. 612 ἀνήκεστον κακόν ἐστιν ‖.

17. Theognis 58: τίς κεν ταῦτ' ἀνέχοιτ' ἐσορῶν; ‖. — π 277 σὺ δ' εἰσορόων ἀνέχεσθαι ‖.

18. Theognis 283: πόδα — προβαίνε ‖. — Ν 18 κραιπνὰ ποσὶ προβιβάς — ‖ 158 κοῦφα ποσὶ προβιβάς — ‖.

19. Theognis 309: Ἐν μὲν συσσίτοισιν ἀνὴρ πεπνυμένος εἶναι ‖. — γ 52 χαῖρε δ' Ἀθηναίη πεπνυμένῳ ἀνδρὶ δικαίῳ. ‖ τ 350 οὐ γάρ πώ τις ἀνὴρ πεπνυμένος ὧδε etc.

20. Theognis 330: σὺν ἰθείῃ θεῶν δίκῃ ἀθανάτων ‖. — Ψ 579. 80 — ἐγὼν αὐτὸς δικάσω

— ‖ — ἰϑεῖα γὰρ ἔσται ‖ Ξ 508 ὃς μετὰ τοῖσι δίκην ἰϑύντατα εἴποι‖ Hes. op. 36 theog. 86 ἰϑείῃσι δίκαις — ‖ Vergl. op. 224 und 225. 6.

21. Solon 4, 37: εὐϑύνει δίκας σκολιὰς ὑπερήφανα τ' ἔργα ‖. — Hes. op. 262—4 ἄλλῃ παρακλίνωσι δίκας σκολιῶς ἐνέποντες ‖ ταῦτα φυλασσόμενοι, βασιλεῖς, ἰϑύνετε μύϑους ‖ δωροφάγοι, σκολιῶν δὲ δικῶν ἐπὶ πάγχυ λάϑεσϑε ‖ op. 221 σκολιῆς δὲ δίκῃς κρίνωσι ϑέμιστας ‖ 250 ἀϑάνατοι φράζονται ὅσοι σκολιῇσι δίκῃσι ‖! ἀλλήλους τρίβουσι.

22. Theognis 361: ἀνδρός τοι κραδίη μινύϑει μέγα πῆμα παϑόντος ‖. — δ 374 μινύϑει δέ τοι ἦτορ ἑταίρων ‖ 467 μινύϑει δέ τοι ἔνδοϑεν ἦτορ ‖.

23. Theognis 375: νόον καὶ ϑυμὸν ἑκάστου ‖. — Vergl. den Vers ὣς εἰπών, - οῦσ', ὤτρυνε μένος καὶ ϑυμὸν ἑκάστου ‖, der an 11 Hom. St. vorkommt, ferner Ο 288 und Ψ 370 ϑυμὸς ἑκάστου ‖.

24. Theognis 388: τολμᾷ δ' οὐκ ἐϑέλων αἴσχεα πολλὰ φέρειν ‖'. — Γ 242 αἴσχεα δειδιότες καὶ ὀνείδεα πόλλ' — ‖ Z 351 αἴσχεα πόλλ' ἀνϑρώπων ‖ α 229 αἴσχεα πόλλ' ὁρόων — ‖ τ 373 αἴσχεα πόλλ' ἀλεείνων ‖.

25. Theognis 387: βλάπτουσ' (scil. πενίη) ἐν στήϑεσσι φρένας κρατερῆς ὑπ' ἀνάγκης ‖ 223 κεῖνός γ' ἄφρων ἐστί, νόου βεβλαμμένος ἐσϑλοῦ ‖ 705: ἥ τε βροτοῖς παρέχει λήϑην, βλάπτουσα νόοιο ‖. — ξ 178 τοῦ δέ τις ἀϑανάτων βλάψε φρένας — ‖ Ο 724 ἀλλ' εἰ δή ῥα τότε βλάπτε φρένας εὐρύοπα Ζεύς ‖ ἡμετέρας. ‖

26. Theognis 400: ἀϑανάτων μῆνιν ἀλευάμενος ‖. 748: οὔτε τευ ἀϑανάτων μῆνιν ἀλευόμενος ‖. — Ε 444 μῆνιν · ἀλευάμενος ἑκατηβόλου Ἀπόλλωνος ‖ Ε 34 Διὸς δ' ἀλεώμεϑα μῆνιν ‖.

27. Theognis 531: Αἰεί μοι φίλον ἦτορ ἰαίνεται, — ‖. 1122: ἥβῃ καὶ πλούτῳ ϑυμὸν ἰαινόμενος. ‖ — δ 840 φίλον δέ οἱ ἦτορ ἰάνϑη ‖. δ 548. 9 ἐμοὶ κραδίη καὶ ϑυμὸς — ‖ — ἰάνϑη ‖. ο 379 χ 58. 59 Ψ 598 Ω 119.

28. Theognis 555: χρὴ τολμᾶν χαλεποῖσιν ἐν ἄλγεσι κείμενον ἄνδρα ‖. — φ 88 κεῖται ἐν ἄλγεσι ϑυμός ‖.

29. Theognis 567—9: δηρὸν γὰρ ἔνερϑεν ‖ γῆς ὀλέσας ψυχὴν κείσομαι ὥστε λίϑος ‖ ἄφϑογγος. — Hymn. 5, 198 δηρὸν δ' ἀφϑογγός τε τιμημένη ἦστ' ἐπὶ δίφρου ‖ und 282 δηρὸν δ' ἄφϑογγος γένετο χρόνον — ‖.

30. Theognis 593: μήτε κακοῖσιν ἀσῶ τι λίην φρένα — ‖. 989 — ὅταν δέ τι ϑυμὸν ἰσηϑῇς ‖ 657: μηδὲν ἄγαν χαλεποῖσιν ἀσῶ φρένα μηδ' ἀγαϑοῖσιν ‖. — Τ 306. 7 μή με πρὶν σίτοιο κελεύετε μηδὲ ποτῆτος ‖ ἄσασϑαι φίλον ἦτορ — ‖.

31. Theognis 704: αἱμυλίοισι λόγοις ‖. — α 56 Ηymn. 3, 317 αἱμυλίοισι λόγοισιν ‖ Hes. theog. 890 αἱμυλίοισι λόγοισι — ‖. Vergl. op. 78. 789.

32. Theognis 910: καὶ δίχα ϑυμὸν ἔχω ‖ 91: ὃς δὲ μιῇ γλώσσῃ δίχ' ἔχει νόον — ‖. —

Τ 32 δίχα θυμον ἔχοντες ‖ π 73 μητρὶ δ' ἐμῇ δίχα θυμὸς ἐνὶ φρεσὶ μερμήριξεν ‖ τ 524 ἐμοὶ δίχα θυμὸς ὀρώρεται ἔνθα καὶ ἔνθα ‖ φ 386 δίχα δέ σφιν ἐνὶ φρεσὶ θυμὸς ἄητο ‖ .

33. Theognis 939: Οὐ δύναμαι φωνῇ λίγ' ἀειδέμεν ὥσπερ ἀηδών ‖ . — κ 254 ἔνθα δέ τις μέγαν ἱστὸν ἐποιχομένη λίγ' ἄειδεν ‖ .

34. Tyrtaeus 12, 13 Theognis 1003: "Ηδ' ἀρετή, τόδ' ἄεθλον ἐν ἀνθρώποισιν ἄριστον‖. — — Hes. op. 719 γλώσσης τοι θησαυρὸς ἐν ἀνθρώποισιν ἄριστος ‖ φειδωλῆς. Das Zufällige der Uebereinstimmung wird aus der Vergleiehung folgender Stellen noch mehr erhellen: Theognis 623: ἐν ἀνθρώποισιν ἔασιν ‖ 637 ἐν ἀ. ὁμοῖοι‖ 647 ἐν ἀ. ὄλωλεν ‖ . α 95 κλέος ἐσθλὸν ἐν ἀ. ἔχῃσιν ‖ ν 60 ἐπ' ἀ. πέλονται‖ ϱ 419 ἐν ἀ. ἔναιον ‖ etc. (sonst tritt ἀνθρώποισι aber auch an andern Stellen auf).

35. Theognis 1199: — καί μοι κραδίην ἐπάταξε μέλαιναν ‖ . — H 216 "Εκτορί τ' αὐτῷ θυμὸς ἐνὶ στήθεσσι πάτασσεν ‖ . Ν 282 ἐν δέ τέ οἱ κραδίη μεγάλα στέρνοισι πατάσσει ‖ . Ψ 370 πάτασσε δὲ θυμὸς ἑκάστου ‖ .

36. Theognis 1325: μερμήρας δ' ἀπόπαυε κακάς — ‖ . — Hes. theog. 55 λησμοσύνην τε κακῶν ἄμπαυμά τε μερμηράων ‖ .

37. Theognis 1344: οὐ γὰρ ἀεικελίῳ παιδὶ δαμεὶς ἐφάνην ‖ (vulg. ἐπ' αἰκελίῳ). — δ 244 αὐτόν μιν πληγῇσιν ἀεικελίῃσι δαμάσσας ‖ . δ 231 λίην γὰρ ἀεικελίως ἐδαμάσθην‖ κύμασιν ἐν πολλοῖς.

38. Theognis 1293: χρυσῆς 'Αφροδίτης ‖ δῶρα 1304. 1332. 1383 Κυπρογενοῦς δῶρον ἰοστεφάνου ‖ . 1381: χρυσῆς παρὰ δῶρον ἔχοντα ‖ ἐλθεῖν Κυπρογενοῦς. — Γ 54 τά τε δῶρ' 'Αφροδίτης ‖ und 64 μή μοι δῶρ' ἐρατὰ πρόφερε χρ. 'Αφρ.

39. Theognis 1117: Πλοῦτε, θεῶν κάλλιστε καὶ ἱμεροέστατε πάντων ‖ Theognis 1365: 'Ω παίδων κάλλιστε καὶ ἱμεροέστατε πάντων ‖ . — Düntzer (s. unten) IV· Οἰδιποδεία II. (Schol. Eur. Phoen. 1760) 'Αλλ' ἔτι κάλλιστόν τε καὶ ἱμεροέστατον αλλων ‖ παῖδα φίλον Κρείοντος ἀμύμονος Αἵμονα δῖον ‖ . Das Zufällige dieser Uebereinstimmung wird noch klarer durch Stellen wie δ 614 ο 114 δώσω δ' ὃ κάλλιστον καὶ τιμηέστατόν ἐστιν ‖ scil. δώρων.

III. Wörter (resp. Wortformen), die stets oder wenigstens meistens an derselben Versstelle erscheinen.

Natürlich kann hier bloss vom Hexameter die Rede sein. Ebenso können am Versende nur solche Formeln in Betracht kommen, die trochäisch oder spondeisch ausgehen, die übrigen werden stillschweigend übergangen. —

Ueber mein bei der Aufzählung der Stellen eingehaltenes Verfahren mag schliesslich noch folgende Erläuterung gestattet sein:

1. Die einzelnen Stellen in II und III habe ich nach Versfüssen geordnet, damit man sehe, wo die grösste Uebereinstimmung herrsche. In einigen Fällen habe ich mich allerdings nicht streng an die Eintheilung gehalten, indem es mir passender schien, ganz Aehnliches zusammenzustellen, als an verschiedenen Orten zu bringen. Ueber einige wenige Verse kann man im Zweifel sein, wohin sie zu stellen sind oder ob sie überhaupt aufzunehmen waren.

2. Die Zahl der epischen Stellen habe ich dann nicht immer hinzugeschrieben, wenn Nichts darauf ankam, also besonders wenn die Formel in mehreren Variationen auftritt.

3. Bei den Elegikern, die ich nach T h e o d o r B e r g k's 3. Ausgabe der poëtae lyrici Graeci (Lips. 1866 Pars II.) citire, habe ich fast stets unterlassen anzugeben, was aus Hexametern und was aus Pentametern ist, da es in der Regel aus den angeführten Worten selbst erhellt und man nur daran zu denken braucht, dass die Verse mit u n g e r a d e n Zahlen Hexameter, die mit g e r a d e n Pentameter sind (über ein Paar Ausnahmen wird man nicht im Unklaren bleiben).

4. Hesiod citire ich nach Göttlings 2. Ausgabe (Gothae 1843), die Hymnen nach Aug. Baumeisters Ausg. (Lips. 1858), die epischen Fragmente nach H. Düntzer, die Fragmente der epischen Poësie der Griechen bis zur Zeit Alexanders des Gr. (Köln 1840, Nachtrag 1841); bei den Citaten hieraus habe ich die Pagina dann mit angegeben, wenn dieselben in der unhandlichen Ausgabe für den Nachschlagenden sonst zu schwer zu finden sein würden. Für Homer und die Hymnen habe ich Sebers index vocabulorum (Oxonii 1780) benutzt, der wohl (einige Partikeln abgerechnet) gerechten Anspruch auf Vollständigkeit machen kann (das Damm-Rost'sche Lexicon Homerico-Pindaricum liess sich leider wegen seiner Unvollständigkeit fast gar nicht gebrauchen). Vieles habe ich mir ausserdem aus meiner Homerlectüre angemerkt, bei der mir Ameis' Ausgabe nicht selten gute Dienste leistete. Die Citate aus Herodot sind nach Dietsch's Ausg., Lips. 1862.

I a.

1. Tyrtaeus 10, 21: αἰσχρὸν γὰρ δὴ τοῦτο — ‖ κεῖσθαι πρόσθε νέων ἄνδρα παλαιότερον — ‖ ἤδη λευκὸν ἔχοντα κάρη πολιόν τε γένειον ‖ 25: αἱματόεντ᾽ αἰδοῖα φίλαις ἐν χερσὶν ἔχοντα — ‖ αἰσχρὰ τάγ᾽ ὀφθαλμοῖς καὶ νεμεσητὸν ἰδεῖν — ‖ καὶ χρόα γυμνωθέντα· νέοισι δὲ πάντ᾽ ἐπέοικεν. ‖ 29: ἀνδράσι μὲν θηητὸς ἰδεῖν, ἐρατὸς δὲ γυναιξίν, ‖ ζωὸς ἐών, καλὸς δ᾽ ἐν προμάχοισι πεσών. ‖ X 71: νέῳ δέ τε πάντ᾽ ἐπέοικεν, ‖ ἀρηϊκταμένῳ — ‖ κεῖσθαι· πάντα δὲ καλὰ θανόντι περ, ὅττι φανήῃ. ‖ ἀλλ᾽ ὅτε δὴ πολιόν τε κάρη πολιόν τε γένειον· αἰδῶ τ᾽ αἰσχύνωσι κύνες κταμένοιο γέροντος, ‖ τοῦτο δὴ οἴκτιστον πέλεται δειλοῖσι βροτοῖσιν. ‖ Vergl. auch Ω 516: οἰκτείρων πολιόν τε κάρη πολιόν τε γένειον ‖ .

2. Mimnermus 7, 3: σὴν αὐτοῦ φρένα τέρπε — ‖ (so für τὴν σαυτοῦ, Curtius Studien I, 2. pag. 4 f.) — Hymn. III, 565 σὴν αὐτοῦ φρένα τέρπε — ‖ .

3. **Mimnermus** 17: *Παίονας ἄνδρας ἄγων, ἵνα τε κλειτὸν γένος ἵππων* ‖. — *Φ* 155: *Παίονας ἄνδρας ἄγων δολιχεγχέας* — ‖. Die 2. Hälfte des Verses weist, wie schon der Scholiast sah, hin auf *Π* 287: *Παίονας ἱπποκορυστάς* ‖. — Aehnlich ist Callinus 4: *Τρῆρεας ἄνδρας ἄγων* — ‖.

4. **Solon** 13, 21: *θεῶν ἕδος αἰπὺν ἱκάνει* ‖ *οὐρανόν.* — *E* 367 *αἶψα δ' ἔπειθ' ἵκοντο θεῶν ἕδος, αἰπὺν Ὄλυμπον* ‖ *E* 868 *καρπαλίμως δ' ἵκανε θεῶν ἕδος, αἰπὺν Ὄλυμπον* ‖. Vergl. *E* 360 *ὄφρ' ἐς Ὄλυμπον ἵκωμαι, ἵν' ἀθανάτων ἕδος ἐστίν* ‖. *Θ* 457 *ἂψ ἐς Ὄλυμπον ἵκεσθον, ἵν' ἀθανάτων ἕδος ἐστίν.* Denselben Sinn, wie an den ersten Stellen, hat *θεῶν ἕδος* noch ζ 42 Hes. [scut. 203] und Theog. 128 *ὄφρ' εἴη μακάρεσσι θεοῖς ἕδος* — ‖.

5. **Theognis** 239: — *θοίνῃς δὲ καὶ εἰλαπίνῃσι παρέσσῃ* ‖ *ἐν πάσαις* sagt Theognis zum Kyrnos. — *K* 217 *αἰεὶ δ' ἐν δαίτῃσι καὶ εἰλαπίνῃσι παρέσται* ‖ verspricht Nestor dem, der es wagt ins Lager der Troer zu gehen.

6. **Theognis** 243, 4: *καὶ ὅταν δνοφερῆς ὑπὸ κεύθεσι γαίης* ‖ *βῇς πολυκωκύτους εἰς Ἀΐδαο δόμους* ‖. — *X* 482 *νῦν δὲ σὺ μὲν Ἀΐδαο δόμους ὑπὸ κεύθεσι γαίης* ‖ *ἔρχεαι.* Sonst noch ω 204 *ἑστεῶτ' εἰν Ἀΐδαο δόμους ὑπὸ κ. γ.* ‖. Vergl. Hymn. 5, 398 *πάλιν αὖτις λοῦσ' ὑπὸ κ. γ.* ‖ 340. 415 *ὑπὸ κ. γ.* ‖ Hesiod. Theogon. [300. 483 *ζαθέης ὑ. κ. γ.* ‖] 334 *ἐρεμνῆς κ. γ.* ‖.

Hieran knüpfen wir sogleich einige ähnliche Wendungen:

Theognis 1014: *(ὅστις)* — *εἰς Ἀΐδεω δῶμα μέλαν καταβῇ* ‖. — *O* 251 *ἐφάμην νέκυας καὶ δῶμ' Ἀΐδαο* ‖ *ἤματι τῷ δ' ἵξεσθαι.* μ 21 *οἳ ζώοντες ὑπήλθετε δῶμ' Ἀΐδαο* ‖.

Theognis 917: *ἀλλὰ πρὶν ἐκτελέσαι κατέβη δόμον Ἄϊδος εἴσω* ‖. — *Δ* 457 *Φ* 246 λ 627. 150 *κατίμεν, βαίην, ἔβη δόμον Ἄ. ε.* ‖ *Δ* 263 *Γ* 322 *H* 131 Hymn. 4, 154 *ἔδυν, δύναι δ. Α. ε.* ‖ ι 524 *πέμψαι δ. Α. ε.* ‖ *Z* 284 *κατελθόντ' Ἄϊδος εἴσω* ‖ *X* 425: *οὐ μ' ἄχος ὀξὺ κατοίσεται Α. ε.* ‖ Hesiod. scut. 151 *τῶν καὶ ψυχαὶ μὲν χθόνα δύνουσ' Α. ε.* ‖ Schol. Eur. Phoen. 641 etc. Eumelos? (Düntz. p. 64) vs. 16: *δεινὸν ἐνναλίου πέμψας φύλακ' Α. ε.* ‖ Thebais cycl. III. (Schol. Soph. Oed. Col. 1370) *καταβήμεναι Α. ε.* ‖. — Vergl. Theognis 1124: *ὅστ' Ἀΐδεω μέγα δῶμ' ἤλυθεν ἐξαναδύς* ‖, wo es vom Odysseus im eigentlichen Sinne gesagt ist.

Theognis 802: *δύσεται εἰς Ἀΐδεω* ‖ Tyrt. 12, 38 Mimn. 2, 14: *ἔρχεται εἰς Ἀΐδην* ‖

Solon 24, 8 (= Theogn. 726) *ἔρχεται εἰς Ἀΐδεω* ‖. — Aehnlich λ 425: *ἰόντι περ εἰς Ἀΐδαο* ‖. *Θ* 367. *Φ* 48 etc.

7. **Theognis** 251: *πᾶσι γὰρ οἷσι μέμηλε, καὶ ἐσσομένοισιν ἀοιδή* ‖ *ἔσσῃ ὁμῶς.* — θ 580 *ἵνα ᾖσι καὶ ἐσσομένοισιν ἀοιδή* ‖. Aehnlich ω 200. 1 *στυγερὴ δέ τ' ἀοιδή* ‖ *ἔσσετ' ἐπ' ἀνθρώπους.*

NB. Man vergleiche hiermit:

Theognis 872: τοῖς δ' ἐχθροῖς ἀνίη καὶ μέγα πῆμ' ἔσομαι ‖ . — Γ 50 πατρί τε σῷ μέγα πῆμα sagt Hector zum Paris. Σ 421 ὅς μιν ἔτικτε καὶ ἔτρεφε, πῆμα γένεσθαι ‖ Τρωσί, auch Hesiod. theogon. 592 (φῦλα γυναικῶν) πῆμα μέγα θνητοῖσι μετ' ἀνδράσι ναιετάουσιν ‖ . und:

Theognis 878 ἐγὼ δὲ θανὼν γαῖα μέλαιν' ἔσομαι. ‖ . — Η 99 ἀλλ' ὑμεῖς μὲν πάντες ὕδωρ καὶ γαῖα γένοισθε ‖ .

8. Theognis 401: Μ η δ ὲ ν ἄ γ α ν σ π ε ύ δ ε ι ν· κ α ι ρ ὸ ς δ' ἐ π ὶ π ᾶ σ ι ν ἄ ρ ι σ τ ο ς ‖ ἔργμασιν ἀνθρώπων. 335: Μηδὲν ἄγαν σπεύδειν· πάντων μέσ' ἄριστα. — ‖ Vergleiche 219: Μηδὲν ἄγαν ἄσχαλλε — ‖ . 657: Μηδὲν ἄγαν χαλεποῖσιν ἀσῶ φρένα μηδ' ἀγαθοῖσιν ‖ χαῖρ'. — Hesiod. op. 692 μέτρα φυλάσσεσθαι, καιρὸς δ' ἐπὶ πᾶσιν ἄριστος ‖ . Die Worte haben offenbar einen sprichwörtlichen Charakter. Vergleiche auch Diogen. L. I, 41: Ἦν Λακεδαιμόνιος Χείλων σόφος, ὃς τάδ' ἔλεξε· ‖ μηδὲν ἄγαν, καιρῷ πάντα πρόςεστι καλά. ‖ . Cleobulus: Μέτρον ἄριστον. Pittacus: μέτρῳ χρῶ. Pseudophocyl. 12: μέτρα νέμειν τὰ δίκαια, καλὸν δ' ἐπίμετρον ἅπασιν. ‖ .

9. Theognis 425, 7: Π ά ν τ ω ν μ ὲ ν μ ὴ φ ῦ ν α ι ἐ π ι χ θ ο ν ί ο ι σ ι ν ἄ ρ ι σ τ ο ν ‖ φύντα δ' ὅπως ὤκιστα πύλας Ἀΐδαο περῆσαι ‖ . — Cert. Hesiodi et Homeri pag. 315, 31. 32: Ἀρχὴν μὲν μὴ φῦναι ἐπιχθονίοισιν ἄριστον ‖ , φύντα δ' ὅπως ὤκιστα πύλας Ἀΐδαο περῆσαι ‖ . Man wird leicht erkennen, dass die Worte ihrem Sinne und ihrer Fassung nach sprichwörtliche Geltung gehabt haben (vergl. übrigens die Citate bei W e l c k e r). Der Elegiker schmückte den Gedanken noch mehr aus, indem er jedem Hexameter einen Pentameter hinzufügte: μηδ' ἐσιδεῖν αὐγὰς ὀξέος ἠελίου ‖ und καὶ κεῖσθαι πολλὴν γῆν ἐπαμησάμενον ‖ . Mit dem zweiten Hexameter vergleiche man noch: Ψ 71 θάπτε με ὅττι τάχιστα, πύλας Ἀΐδαο περήσω ‖ Ε 646 ἀλλ' ὑπ' ἐμοὶ δμηθέντα πύλας Ἀΐδαο περήσειν ‖ . Aehnlich wenigstens ist: Theognis 906 ἤμελλ' ἐκτελέσας εἰς Ἀΐδαο περᾶν ‖ .

10. Theognis 557: Φ ρ ά ζ ε ο· κ ί ν δ υ ν ό ς τ ο ι ἐ π ὶ ξ υ ρ ο ῦ ἵ σ τ α τ α ι ἀ κ μ ῆ ς ‖ . — Κ 173 νῦν γὰρ δὴ πάντεσσιν ἐπὶ ξυροῦ ἵσταται ἀκμῆς ‖ ἢ μάλα λυγρὸς ὄλεθρος Ἀχαιοῖς ἠὲ βιῶναι ‖ . Auch diese Worte scheinen sprichwörtliche Geltung gehabt zu haben.

11. Theognis 713: οὐδ' εἰ ψεύδεα μὲν ποιοῖς ἐτύμοισιν ὁμοῖα ‖ . — τ 203 ἴσκε ψεύδεα πολλὰ λέγων ἐτύμοισιν ὁμοῖα ‖ Hesiod theogon. 27 ἴδμεν ψεύδεα πολλὰ λέγειν ἐτύμοισιν ὁμοῖα ‖ .

12. Theognis 821: Ο ἱ δ' ἀ π ο γ η ρ ά σ κ ο ν τ α ς ἀ τ ι μ ά ζ ο υ σ ι τ ο κ ῆ α ς, ‖ τούτων τοι χώρη, Κύρν' ὀλίγη τελέθει ‖ . — Hesiod. op. 185 αἶψα δὲ γηράσκοντας ἀτιμήσουσι τοκῆας ‖ . Möglicherweise stammen die Theogn. Verse vom Compilator der Sylloge.

I b.

13. Callinus I, 1: *κότ' ἄλκιμον ἕξετε θυμόν* ‖ *ὦ νέοι; οὐδ' αἰδεῖσθ' ἀμφιπερικτίονας;* ‖ — scheint eine Nachbildung zu sein von: *E* 529 *ὦ φίλοι, ἀνέρες ἔστε καὶ ἄλκιμον ἦτορ ἕλεσθε* ‖ *ἀλλήλους δ' αἰδεῖσθε κατὰ κρατερὰς ὑσμίνας* ‖ und: *β* 65 *ἄλλους τ' αἰδέσθητε περικτίονας ἀνθρώπους.* ‖ Vergl. Tyrtaeus 10, 17 *ποιεῖσθε — ἄλκιμον ἐν φρεσὶ θυμόν* ‖ und 10, 24 *θυμὸν — ἄλκιμον —* ‖.

14. Tyrtaeus 11, 31: *καὶ πόδα πὰρ ποδὶ θεὶς καὶ ἐπ' ἀσπίδος ἀσπίδ' ἐρείσας* ‖ *ἐν δὲ λόφον τε λόφῳ καὶ κυνέην κυνέῃ* ‖ *καὶ στέρνον στέρνῳ πεπλημένος ἀνδρὶ μαχέσθω,* ‖ *ἢ ξίφεος κώπην ἢ δόρυ μακρὸν ἑλών* ‖. — *N* 130 *φράξαντες δόρυ δουρί, σάκος σάκεϊ προθελύμνῳ·* ‖ *ἀσπὶς ἄρ ἀσπίδ' ἔρειδε, κόρυς κόρυν, ἀνέρα δ' ἀνήρ* ‖. Wie sehr diese significanten Verse verbreitet waren, dafür kann als Beweis dienen, dass sie sich auch im Cert. Hes. et. Hom. finden, pag. 321. 2. Der 2. Vers kehrt übrigens wieder *Π* 215.

15. Tyrtaeus 12, 19: *θαρσύνῃ δ' ἔπεσιν τὸν πλήσιον ἄνδρα παρεστάς* ‖. — *Δ* 223 *τοὺς μάλα θαρσύνεσκε παριστάμενος ἐπέεσσιν* ‖. Auch zu anderen, ähnlichen Versen pflegt Homer ein solches Particip zu setzen, um die Handlung mehr zu veranschaulichen, z. B. *Γ* 249 *ὤτρυνεν δὲ γέροντα παριστάμενος ἐπέεσσιν* ‖. *M* 210 *δὴ τότε Πουλυδάμας θρασὺν Ἕκτορα εἶπε παραστάς* ‖.

16. Tyrtaeus 12, 31: *οὐδέ ποτε κλέος ἐσθλὸν ἀπόλλυται οὐδ' ὄνομ' αὐτοῦ* ‖. — *ω* 93 *ὡς σὺ μὲν οὐδὲ θανὼν ὄνομ' ὤλεσας, ἀλλά τοι αἰεὶ* ‖ *πάντας ἐπ' ἀνθρώπους κλέος ἔσσεται ἐσθλόν, Ἀχιλλεῦ.* ‖ Vergl. noch: *H* 91 und *B* 325 Hymn. I (Ap. Del.) 156: *τὸ δ' ἐμὸν* und *ὅου κλέος οὔ ποτ' ὀλεῖται* ‖. Ausser der ersten Stelle giebt es noch andere, in denen *κλέος* das Epitheton *ἐσθλὸν* hat: *I* 415 *ὤλετό μοι κλέος ἐσθλόν —* ‖ *ν* 422 *E* 3 (*ἵνα*) *κλέος ἐσθλὸν ἄροιτο* ‖ etc. Hes. scut. 107 *ἵνα κλέος ἐσθλὸν ἄρηαι* ‖. Mit mehreren der angeführten hom. Stellen lassen sich noch vergleichen:

Theognis 868: *ἀρετῆς δὲ μέγα κλέος οὔποτ' ὀλεῖται* ‖. — Mit dieser Stelle hat grosse Aehnlichkeit *ω* 196 *τῷ οἱ κλέος οὔποτ' ὀλεῖται* ‖ *ἧς ἀρετῆς.*

Theognis 245: *οὐδὲ τότ' οὐδὲ θανὼν ἀπολεῖς κλέος —* ‖.

17. Mimnermus 2, 1: *ἡμεῖς δ' οἷά τε φύλλα φύει πολυανθέος ὥρῃ ἔαρος, ὅτ' αἶψ' αὐγῇς αὔξεται ἠελίου,* ‖ *τοῖς ἴκελοι πήχυιον ἐπὶ χρόνον ἄνθεσιν ἥβης* ‖ *τερπόμεθα.* — *Z* 146 *οἵηπερ φύλλων γενεή, τοίη δὲ καὶ ἀνδρῶν.* ‖ *φύλλα τὰ μέν τ' ἄνεμος χαμάδις χέει, ἄλλα δέ θ' ὕλη* ‖ *τηλεθόωσα φύει, ἔαρος δ' ἐπιγίγνεται ὥρη.* ‖ *ὣς ἀνδρῶν γενεή, ἡ μὲν φύει ἡ δ' ἀπολήγει.* ‖ Musaeus XI (den Homer nachgeahmt haben soll!!) Clem. Strom. VI, p. 618 sq.: *"Ὡς αἰεὶ τέχνη μέγ' ἀμείνων ἰσχύος ἐστίν.* ‖ *"Ὡς δ' αὔτως καὶ φύλλα φύει ζείδωρος ἄρουρα,* ‖ *ἄλλα μὲν ἐν μελίῃσιν ἀποφθίνει ἄλλα δὲ φύει·* ‖ *ὣς δὲ καὶ ἀνθρώ-*

4

που γενεὴ καὶ φύλλον ἑλίσσει ‖ (scr. ἀνθρώπων). Vergl. B 467. 8 ἔσταν δ’ ἐν
λειμῶνι Σκαμανδρίῳ ἀνθεμόεντι ‖ μύριοι, ὅσσα τε φύλλα καὶ ἄνθεα γίγνεται
ὥρῃ ‖ . ι 51. 2 ἦλθον ἔπειθ’, ὅσα φύλλα καὶ ἄ. γ. ὥ. ‖ ἤέριοι.

18. Solon 13, 49. 50: ἄλλος Ἀθηναίης τε καὶ Ἡφαίστου πολυτέχνεω ‖ ἔργα δαεὶς
χειροῖν ξυλλέγεται βίοτον ‖ . — Hymn. 20, 1 Ἥφαιστον — ἀείσεο — ‖ ὃς
μετ’ Ἀθηναίης — ἔργα ‖ ἀνθρώπους ἐδίδαξεν — ‖ νῦν δὲ δι’ Ἥφαιστον
κλυτοτέχνην ἔργα δαέντες ‖ . Uebrigens steht κλυτοτέχνης als Beiwort des
Hephäst: Α 571, Σ 143. 391, Θ 286.

19. Xenophanes 5, 3: (ταῦρον λαρινοῦ) τοῦ κλέος Ἑλλάδα πᾶσαν ἐφίξεται οὐδ’ ἀπο-
λήξει ‖ — scheint eine scherzhafte Nachbildung zu sein von Stellen wie B 325
ὅου κλέος οὔποτ’ ὀλεῖται ‖ . Θ 192 τῆς (ἀσπίδος) νῦν κλέος οὐρανὸν
ἵκει ‖ etc.

20. Theognis 3: ἀλλ’ αἰεὶ πρῶτον δὲ καὶ ὕστατον ἕν τε μέσοισιν ‖ ἀείσω. — Hymn.
21, 3 σὲ δ’ ἀοιδὸς ἔχων φόρμιγγα λίγειαν ‖ ἡδυεπὴς πρῶτόν τε καὶ ὕστατον
αἰὲν ἀείδει ‖ . Vergl. ι 14 τί πρῶτόν τοι ἔπειτα, τί δ’ ὑστάτιον καταλέξω; ‖
und Ε 703 Λ 299 Π 692 ἔνθα τίνα πρῶτον τίνα δ’ ὕστατον ἐξενάριξαν‖
εν‖ας‖.

21. Theognis 8: πᾶσα μὲν ἐπλήσθη Δῆλος ἀπειρεσίη ‖ ὀδμῆς ἀμβροσίης, ἐγέλασσε δὲ
γαῖα πελώρη, ‖ γήθησεν δὲ βαθὺς πόντος ἁλὸς πολιῆς ‖ . — Hymn. 5, 13
κηώδει δ’ ὀδμῇ πᾶς τ’ οὐρανὸς εὐρὺς ὕπερθεν ‖ γαῖά τε πᾶσ’ ἐγέλασσε καὶ
ἁλμυρὸν οἶδμα θαλάσσης ‖ . Vergl. auch Τ 362 γέλασσε δὲ πᾶσα περὶ χθὼν
χαλκοῦ ὑπὸ στεροπῆς ‖ . — Der ganzen Stelle ähnlich ist Hymn. 1, 117 ff.

22. Theognis 155: μήποτέ τοι πενίην θυμοφθόρον ἀνδρὶ χολωθεὶς ‖ μηδ’ ἀχρημο-
σύνην οὐλομένην προφέρε ‖ . — Hesiod. op. 717 μηδέ ποτ’ οὐλομένην πενίην
θυμοφθόρον ἀνδρὶ ‖ τέτλαθ’ ὀνειδίζειν.

23. Theognis 215: Πουλύπου ὀργὴν ἴσχε πολυπλόκου, ὃς ποτὶ πέτρῃ, ‖ τῇ προσομιλήσῃ, τοῖος
ἰδεῖν ἐφάνη ‖ . — Cycl. theb. (?) Düntzer pag. 29 (Athen. VII, pag. 317) spricht
Amphiaraos zu seinem Sohne: Πουλύποδός μοι τέκνον, ἔχων νόον, Ἀμφίλοχ’
ἥρως ‖ τοῖσιν ἐφαρμόζου, τῶν κεν κατὰ δῆμον ἵκηαι ‖ . Auch bei anderen
Dichtern kehrt der Gedanke wieder, vergleiche Welcker Theognidis rel. p. 24.

24. Theognis 329. 30: Καὶ βραδὺς εὔβουλος εἷλεν ταχὺν ἄνδρα διώκων ‖ Κύρνε, σὺν ἰθείῃ
θεῶν δίκη ἀθανάτων ‖ . — Θ 329. 30 οὐκ ἀρετᾷ κακὰ ἔργα· κιχάνει τοι
βραδὺς ὠκύν ‖ , ὡς καὶ νῦν Ἥφαιστος ἐὼν βραδὺς εἷλεν Ἄρηα ‖ ὠκύτατόν περ
ἐόντα θεῶν οἳ Ὄλυμπον ἔχουσιν, ‖ χωλὸς ἐὼν τέχνῃσι.

25. Theognis 511: Ἦλθες δή, Κλεάριστε, βαθὺν διὰ πόντον ἀνύσσας ‖ ἐνθάδ’ ἐπ’
οὐδὲν ἔχοντ’. — Hes. op. 635 ὅς ποτε καὶ τῇδ’ ἦλθε, πολὺν διὰ πόντον ἀνύσσας ‖.
Vgl. Hymn. 3, 337 πολὺν διὰ χῶρον ἀνύσσας ‖ .

27

26. Theognis 883: τοῦ πίνων ἀπὸ μὲν χαλεπὰς σκεδάσεις μελεδώνας ‖ . — IX Stasinus Cypr. Athen. II 35 C: Οἰνόν τοι, Μενέλαε, θεοὶ ποίησαν ἄριστον ‖ θνητοῖς ἀνθρώποισιν ἀποσκεδάσαι μελεδῶνας ‖ .

27. Theognis 1166: εὖτ' ἂν ὁδοῦ τρέψῃς τέρματ' ἐπ' ἐμπορίην (τρέψῃς schreibe für τελέῃς) Hes. op. [646 εὖτ' ἂν ἐπ' ἐμπορίην τρέψῃς ἀεσίφρονα θυμόν ‖ .]

28. Theognis 1197 ff.: Ὄρνιθος φωνήν, Πολυπαΐδη, ὀξὺ βοώσης ‖ ἤκουσ', ἥ τε βροτοῖς ἄγγελος ἦλθ' ἀρότου ‖ ὡραίου· καί μοι κραδίην ἐπάταξε μέλαιναν, ‖ ὅττι etc. — Hes. op. 448 ff.: Φράζεσθαι δ', εὖτ' ἂν γεράνου φωνὴν ἐπακούσῃς ‖ ὑψόθεν ἐκ νεφέων ἐνιαύσια κεκληγυίης· ‖ ἥτ' ἀρότοιό τε σῆμα φέρει, καὶ χείματος ὥρην ‖ δεικνύει ὀμβρηροῦ· κραδίην δ' ἔδακ' ἀνδρὸς ἀβούτεω ‖ . Vgl. Hes. op. 616. 7 ἀρότου μεμνημένος εἶναι ‖ ὡραίου.

29. Theognis 1386. 7: σοί τε περισσόν ‖ Ζεὺς τόδε τιμήσας δῶρον ἔδωκεν ἔχειν ‖ . — Hes. theog. 399 τὴν δὲ (Στύγα) Ζεὺς τίμησε, περισσὰ δὲ δῶρα ἔδωκεν ‖ .

Schliesslich erwähne ich noch:

30. Theognis 534: χαίρω δ' εὔφθογγον χερσὶ λύρην ὀχέων ‖ . — Margites I (p. 26 Düntz.) vs. 3 φίλης ἔχων ἐν χερσὶν εὔφθογγον λύρην ‖ , da diese Worte ursprünglich gewiss einen Hexameter bildeten.

31. Solon 8: Τίκτει γὰρ κόρος ὕβριν, ὅταν πολὺς ὄλβος ἔπηται ‖ .

Theognis 143: Τίκτει τοι κόρος ὕβριν, ὅταν κακῷ ὄλβος ἔπηται ‖ . — Clem. Al. Str. VI, 740: Σόλωνος δὲ ποιήσαντος· Τίκτει κτλ. ἄντικρυς ὁ Θέογνις γράφει· Τίκτει κτλ. Diogen. VIII 22 führt folgendes Sprichwort an: Τίκτει τοι κόρος ὕβριν, ὅταν κακῷ ἀνδρὶ παρείη (παρείη Bergk). Vgl. Diogen. I, 59. Da das Schol. Pind. Ol. XIII, 12 den Vers des Theognis als homerisch anführt, so vermuthet Bergk mit grosser Wahrscheinlichkeit, dass die von Diogenian aufbewahrte Form des Sprichworts auf einen ältern epischen Dichter zurückzuführen sei.

II A.

Mit dem 1. Fusse beginnen:

1. Mimnermus 1, 5 und Theognis 1067: ἀνδράσιν ἠδὲ γυναιξίν — ‖ .— τ 408 ἀνδράσιν ἠδὲ γυναιξίν — ‖ ο 163 und Ο 683 ἄνερες ἠδὲ γυναῖκες — ‖ Hes. op. 813 ἀνέρι τ' ἠδὲ γυναικί — ‖ Hymn. 5, 139 ἀνέρος ἠδὲ γυναικός — ‖ Ζ 184 ἀνὴρ ἠδὲ γυνή — ‖ Ι 134 φ 323 ἀνδρῶν ἠδὲ γυναικῶν ‖ . Vergl. Ρ 434. 5 ἥ τ' ἐπὶ τύμβῳ ‖ ἀνέρος ἑστήκῃ τεθνηότος ἠὲ γυναικός ‖ . Τ 276 ἦτ' ἀνδρῶν ἦτε γυναικῶν ‖ . — Ueber die Wortstellung vergleiche Schnorr p. 42. 3 („quomodo naturalem quendam verborum ordinem observet Homerus"), ausserdem aber II A, 31.

2. Solon 13, 1. 2: Μνημοσύνης καὶ Ζηνὸς Ὀλυμπίου ἀγλαὰ τέκνα ‖ Μοῦσαι Πιερίδες. — Eumel. Europia VII (Clem. Strom. VI p. 742) Μνημοσύνης καὶ Ζηνὸς

4*

'Ολυμπίου ἐννέα κοῦραι ‖. Es ist nicht unwahrscheinlich, dass diese Worte bei Anrufung der Musen formelhaft geworden waren.

3. Theognis 881: οὔρεος ἐν βήσσῃσι — ‖. — Δ 87 Hes. theogon. 860. 865; οὔρεος ἐν βήσσῃς — ‖ Γ 34 Π 634. 766 Ξ 397 Hymn. 3 (Merc.) 287 Hes. scut. 510. Vergl. Hes. scut. 386 οἶος δ' ἐν βήσσῃς ὄρεος — ‖.

4. Theognis 1143: ἀλλ' ὄφρα τις ζώει καὶ ὁρᾷ φάος ἠελίοιο ‖. — Σ 61. 442 ὄφρα δέ μοι ζώει καὶ ὁρᾷ φάος ἠελίοιο ‖. Sonst noch [Ω 558 αὐτόν τε ζώειν καὶ ὁρᾶν φ. ἠ. ‖] δ 833 ξ 44 ν 207 ἔτι ζώει καὶ ὁ. φ. ἠ. ‖ δ 540 κ 498 (οὐδέ νυ μοι κῆρ) ἤθελ' ἔτι ζώειν καὶ ὁρᾶν φ. ἠ. ‖ Ε 120 δηρὸν ἔτ' ὄψεσθαι λαμπρὸν φ. ἠ. ‖ Λ 605 Θ 485 Hes. fr. 224 λαμπρὸν φ. ἠ. ‖ Ψ 154 π 220 φ 226 ν 33, 35 φ. ἠ. ‖ Hymn. 1, 71 ὁπόταν τὸ πρῶτον ἴδῃ φ. ἠ. ‖ Hieraus sieht man, dass φάος ἠελίοιο immer an letzter Stelle steht. — Vergleiche übrigens Theognis 712: ἐς φάος ἠελίου — ‖ und No. 27. Mit der ganzen Formel hat Aehnlichkeit: Mimnermus 1, 8: οὐδ' αὐγὰς προσορῶν τέρπεται ἠελίου ‖ und Theognis 426: μηδ' ἐσιδεῖν αὐγὰς ὀξέος ἠελίου ‖. Dem entsprechend: Π 187 αὐτὰμ ἐπεὶ δὴ τόν γε μογοστόκος εἰλείθυια ‖ ἐξάγαγε πρὸ φόωςδε καὶ ἠελίου ἴδεν αὐγάς ‖.

5. Theognis 1296. 7: μηδέ με σὴ φιλότης δώματα Περσεφόνης ‖ οἴχηται προφέρουσα — ‖. — Ζ 345. 6 Ὥς μ' ὄφελ', — ‖ οἴχεσθαι προφέρουσα κακῆ ἀνέμοιο θύελλα ‖ ν 64 αἴθε — μ' ἀναρπάξασα θύελλα ‖ οἴχοιτο προφέρουσα. Der homer. Ausdruck besagt nicht viel mehr als das einfache προφέρειν.

6. Theognis 15: Μοῦσαι καὶ Χάριτες, κοῦραι Διός, αἵ ποτε Κάδμου ‖ — καλὸν ἀείσατ' ἔπος ‖. — Hes. theogon. 25. 52. 966. 1022. Μοῦσαι Ὀλυμπιάδες, κοῦραι Διὸς αἰγιόχοιο ‖, an letzter Stelle geht vorher: νῦν δὲ γυναικῶν φῦλον ἀείσατε ἡδυέπειαι ‖ Β 598 μοῦσαι ἀείδοιεν, κ. Δ. αἰγ. ‖ ζ 105 νύμφαι, κ. Δ. αἰγ. ‖ ρ 240 νύμφαι κρηναῖαι, κ. Δ. εἴποτ' Ὀδυσσεύς ‖ Hes. fr. 163, 5 νύμφαι ἐϋπλόκαμοι, κ. Δ. αἰγ. ‖ Vergl. Hom. epigr. 4, 8 κ. Δ. ἀγλαὰ τέκνα ‖, etc.

2. Fuss.

7. Tyrtaeus 11, 29: ἀλλά τις ἐγγὺς ἰών — ‖ — δήϊον ἄνδρ' ἑλέτω ‖. — Δ 496 Ε 611 Λ 429 Μ 457 Ρ 347 στῆ δὲ μάλ' ἐγγὺς ἰών — ‖ Φ 285 στήτην ἐγγὺς ἰόντε — ‖. Die homer. Formel ist, wie man sieht, vom Elegiker geändert. Vgl. die Formel: στῆ δὲ, δ' — ἰών ‖ an 8 Hom. Stellen.

8. Archilochus 9, 3: τοίους γὰρ κατὰ κῦμα πολυφλοίσβοιο θαλάσσης ‖ ἔκλυσεν. — Hymn. 6, 4 ὅθι μιν Ζεφύρου μένος — ‖ ἤνεικεν κατὰ κ. π. θ. ‖ Cypria V (Athen. 8, 334 C) vs. 8 ἄλλοτε μὲν κατὰ κ. π. θ. ‖ Β 209 ὡς ὅτε κ. π. θ.‖ Ζ 347 εἰς κ. π. θ. ‖ Ν 798 κύματα παφλάζοντα π. θ. ‖ ν 84. 5 κῦμα δ' ὄπισθεν ‖ πορφύρεον μέγα θῦε π. θ. ‖ Λ 34 Ι 182 ν 220 hymn. 3, 341 παρὰ θῖνα π. θ. ‖ Ψ 59 ἐπὶ θινὶ π. θ. ‖ Hes. op. 648 μέτρα π. θ. ‖. Die

Formel π. ϑ. ‖ kommt also vor an 8 Hom., 1 Hes., 2 Hymn. und 1 Cypr. Stelle.

9. Theognis 179: χρὴ γὰρ ὁμῶς ἐπὶ γῆν τε καὶ εὐρέα νῶτα θαλάσσης ‖ δίζησϑαι. — Hes. theog. 972 — ὅς εἶσ᾽ ἐπὶ γῆν τ. κ. ε. ν. ϑ. ‖ 790 περὶ γ. τ. κ. ε. ν. ϑ. ‖ 762 γῆν τ. κ. ε. ν. ϑ. ‖ ἥσυχος ἀνστρέφεται. 781 hymn. 5, 123 und 9 Homerstellen (wie B 159): ἐπ᾽ ε. ν. ϑ. ‖

10. Theognis 707: ὅντινα δὴ ϑανάτοιο μέλαν νέφος ἀμφικαλύψῃ ‖. — Π 350 ϑανάτου δὲ μέλαν νέφος ἀμφεκάλυψεν ‖. δ 180 πρίν γ᾽ ὅτε δὴ ϑανάτοιο μέλαν νέφος ἀμφεκάλυψεν ‖. Aehnlich: Τ 417 νεφέλη δέ μιν ἀμφεκάλυψεν ‖ κυανέη, ferner Hes. op. 555 ἔνϑ᾽ ἥ τοι τοὺς μὲν ϑανάτου τέλος ἀμφεκάλυψε ‖. Ε 68 ϑάνατος δέ μιν ἀμφεκάλυψεν ‖. Ε 553 τὼ δ᾽ αὖϑι τέλος ϑανάτοιο κάλυψεν ‖ und Anderes.

11. Theognis 803: ὅς ϑνητοῖσι καὶ ἀϑανάτοισιν ἀνάσσει ‖ Ζεὺς Κρονίδης — ‖. — Μ 242 (Διὸς) ὅς πᾶσιν ϑνητοῖσι καὶ ἀϑανάτοισιν ἀνάσσει ‖ Hes. theogon. 506 τοῖς πίσυνος ϑνητοῖσι καὶ ἀϑανάτοισιν ἀνάσσει ‖ (sc. Ζεύς) Orph. Theogonia I (Johannes Malela p. 41) 1. 2 — Φοῖβε κραταιέ ‖ πανδερκὲς ϑνητοῖσι καὶ ἀϑανάτοισιν ἀνάσσων ‖. Δ 61 [Σ 366] σὺ δὲ πᾶσι μετ᾽ ἀϑανάτοισιν ἀνάσσεις. ‖ Hymn. 1, 29 πᾶσι ϑνητοῖσιν ἀνάσσεις ‖ ὅσσους etc. (von Apollo). Vergl. noch: υ 112 Ζεῦ πάτερ, ὅς τε ϑεοῖσι καὶ ἀνϑρώποισιν ἀνάσσεις ‖ Β 669 ἐκ Διὸς, ὅς τε ϑ. κ. ἀ. ἀνάσσει. ‖ ι 552 ν 25 Ζηνὶ κελαινεφέϊ Κρονίδῃ, ὅς πᾶσιν ἀνάσσει ‖. Vergl. III, 58.

3. Fuss.

12. Callinus 1, 20: ἐν ὀφϑαλμοῖσιν ὁρῶσιν ‖. — Γ 306, Θ 459, ζ 343 und VIII Οἰχαλίας ἄλωσις Cram. Anecd. I p. 327, Δ 587 und Σ 190, Σ 135, κ 385: ἐν ὀφϑαλμοῖσιν ὁρᾶσϑαι, ὁρῶσα, ὅρηαι, ἴδωμαι, ἴδηαι, ἰδέσϑαι ‖. Vergl. auch noch ἑ. ὁ. νοήσας ‖ Χ 294, 312 hymn. 4 (Ven.), 83. 179. Uebrigens kommt in der epischen Poësie die Formel auch ohne ἐν vor.

13. Tyrtaeus 10, 15: ἀλλὰ μάχεσϑε παρ᾽ ἀλλήλοισι μένοντες ‖ und 11, 11: οἳ μὲν γὰρ τολμῶσι παρ᾽ ἀλλήλοισι μένοντες ‖. — Ρ 721 μίμνομεν ὀξὺν Ἄρηα παρ᾽ ἀλλήλοισι μένοντες [ε 227 τερπέσϑην φιλότητι παρ᾽ ἀλλήλοισι μένοντες ‖] Ε 572 Ψ 211 παρ᾽ ἀλλ. μένοντε ‖. Ebenso liebt Homer das blosse Particip μένοντες etc. oft an das Versende zu stellen, wie Δ 348 Χ 231 ἀλεξώμεσϑα μένοντες ‖. Ebenso Theognis 493: εὖ μυϑεῖσϑε παρὰ κρητῆρι μένοντες ‖ 1127*) ἥ μιν δήϑ᾽ ὑπέμεινε φίλῳ παρὰ παιδὶ μένουσα ‖. —

---

*) λ 178 fragt Odysseus im Hades seine Mutter über Penelope: ἠὲ μένει παρὰ παιδὶ καὶ ἔμπεδα πάντα φυλάσσει ‖ π 73, 4 sagt Telemach von seiner Mutter: μητρὶ δ᾽ ἐμῇ δίχα ϑυμὸς ἐνὶ φρεσὶ μερμηρίζει‖ ἤ αὐτοῦ παρ᾽ ἐμοί τε μένῃ καὶ δῶμα κομίζῃ ‖ und τ 524. 5 sagt Penelope selbst zu Odysseus: ὣς καὶ ἐμοὶ δίχα ϑυμὸς ὀρώρεται ἔνϑα καὶ ἔνϑα ‖ ἠὲ μένω παρὰ παιδὶ καὶ ἔμπεδα πάντα φυλάσσω ‖. Man wird daher nicht umhin können bei Theognis eine Anspielung auf diese für Penelope so charakteristischen Worte anzunehmen.

Mit der angeführten Formel ist der formelhafte Vers οἱ δ' ὅτε (ἀλλ' ὅτε) δὴ σχεδὸν ἦσαν ἐπ' ἀλλήλοισιν ἰόντες ‖ zu vergleichen (10 Il., z. B. Γ 14 Ε 14 Χ 248 Α 232).

14. Tyrtaeus 12, 15: ξυνὸν δ' ἐσθλὸν τοῦτο πόληΐ τε παντί τε δήμῳ ‖ . — Γ 50 πατρὶ τε σῷ μέγα πῆμα πόληΐ τε παντί τε δήμῳ ‖ . Ausserdem Ω 706 μέγα χάρμα πόλει τ' ἦν παντί τε δήμῳ ‖ λ 14 Κιμμερίων ἀνδρῶν δῆμός τε πόλις τε ‖ ξ 43 ζ 3 θ 555 ‖ Hes. op. 527 δῆμόν τε πόλιν τε ‖ .

15. Tyrtaeus 12, 35: εἰ δὲ φύγῃ μὲν κῆρα τανηλεγέος θανάτοιο ‖ . — Θ 70 Φ 210 ἐν δ' ἐτίθει δύο κῆρε ταν. θ. ‖ λ 171. 398 τίς νύ σε κὴρ ἐδάμασσε τ. θ.‖ β 100 γ 238 τ 145 ω 135 μοῖρ' ὀλοὴ καθέλῃσι τ. θ. ‖ Also ταν. θ. ‖ an 8 Stellen.

16. Mimnermus 14, 3: πυκινὰς κλονέοντα φάλαγγας ‖ Ἕρμιον ἂμ πεδίον. — Ε 93 πυκιναὶ κλονέοντο φάλαγγες ‖ Hes. theogon. 936 οἵτ' ἀνδρῶν πυκινὰς κλονέουσι φάλαγγας ‖ Δ 281 πυκιναὶ κίνοντο φάλαγγες ‖ Δ 148 ὅθι πλεῖσται κλονέοντο φάλαγγες ‖ Ο 448 τῇ γὰρ ἔχ' ᾗ ῥα πολὺ πλεῖσται κλονέοντο φάλαγγες ‖ und Ε 96 θύνοντ' ἂμ πεδίον πρὸ ἔθεν κλονέοντα φαλάγγας‖ .

17. Mimnermus 9, 3: βίην ὑπέροπλον ἔχοντες ‖ . — Hes. theogon. 670 βίην ὑπέροπλον ἔχοντες ‖ . Vergl. 619 und Düntz. p. 29 Inc. XXVI Etym. v. ἀγώμενος: ἠνορέην ὑπέροπλον ἀγώμενος — ‖ . Orph. theogon. VIII Procl. Tim. I, 54, 57, vs. 3 ὕβριος ἀντ' ὀλοῆς καὶ ἀτασθαλίης ὑπερόπλου ‖ . Hes. theogon. 516 εἵνεχ' ἀτασθαλίης τε καὶ ἠνορέης ὑπερόπλου ‖ . — Uebrigens vergl. die folgende Nummer.

18. Theognis 81 und 765: ὁμόφρονα θυμὸν ἔχοντες, ας ‖ (an der 2ten Stelle Brunck für ἔῦφρονα). — Hymn. 3, 391; 5, 434; Χ 263 ὁ. θ. ἔχοντας, ἔχουσαι, ἔχουσιν ‖ . ὁμοφρ. steht auch an den übrigen Stellen in denselben Versfüssen: hymn. 3, 195 τέσσαρες, ἠΰτε φῶτες, ὁμόφρονες — ‖ Hes. theogon. 60 ἣ δ' ἔτεκ' ἐννέα κούρας ὁμόφρονας — ‖ . — Uebrigens vergleiche Tyrt. 5, 5: ταλασίφρονα θυμὸν ἔχοντες ‖ .

Druck von Hundertstund & Pries in Leipzig.

Schulnachrichten.

I.

Personalbestand des Gymnasiums am 20. März 1871.

Lehrercollegium.

A. Ständige Mitglieder (Oberlehrer).

Rector und erster Lehrer: Professor Dr. phil. Emil *Müller*, Ordinarius von Prima.

Zweiter Lehrer: Professor Dr. phil. Adolf Eduard *Prölss*, Lehrer der Religion, der hebräischen und französischen Sprache.

Dritter Lehrer und Stellvertreter des Rectors: Professor Dr. phil. Robert Theodor *Brause*, Ordinarius von Obersecunda.

Vierter Lehrer: Professor Dr. phil. Max *Erler*, Ordinarius von Untersecunda, zugleich Bibliothekar.

Fünfter Lehrer. Dr. phil. Bernhard Wilhelm *Richter*, Ordinarius von Obertertia.

Sechster Lehrer: Immanuel Carl Volkmar *Hoffmann*, Lehrer der Mathematik und Physik.

Siebenter Lehrer: Dr. phil. Max Hermann *Rachel*, Ordinarius von Untertertia.

Neunter Lehrer: Cand. Rev. Min. Paul *Süss*, Lehrer der Religion und Ordinarius von Sexta.

Zehnter Lehrer: Dr. phil. Johannes Gotthold *Renner*, Ordinarius v. Quinta.

Elfter Lehrer: Dr. phil. Hermann Theodor *Noth*, Lehrer der Mathematik und Naturgeschichte.

Zwölfter Lehrer: Friedrich Eduard Richard *Kallenberg*, Lehrer der französischen und deutschen Sprache, der Geschichte, Geographie und Naturgeschichte.

B. Provisorische Lehrer (Vicarien).

Oswald *Burkhardt*, Lehrer der deutschen Sprache, der Geschichte, Naturgeschichte, Geographie und Arithmetik.

Dr. phil. Franz Emil *Jungmann*, Ordinarius von Quarta.

C. Hülfslehrer.

Gesanglehrer: Musikdirector Ernst Theodor *Eckhardt*.
Schreiblehrer: Cantor Johann Gottlieb *Kränkel*.
Zeichenlehrer: Carl Anton August *Müller*.
Turnlehrer: Eduard Anton *Bär*.

Classen und Schüler.

	Name.	Geburtsjahr und Tag.	Stand und Wohnort des Vaters.
	Prima. 2jähriger Cursus. **a. Oberprima.**		
1.	Hermann August Starke	26. März 1851.	Kirchschullehrer zu Voigtsdorf.
2.	Karl Bruno Müller	3. April 1851.	Arzt zu Hormersdorf bei Thum.
3.	Arno Melzer	17. Mai 1851.	Bürgerschullehrer zu Frankenberg.
4.	Th. Gust. Wold. Rossberg	20. Mai 1849.	Stadtr. u. Buchdruckereibes. zu Frankenberg.
5.	Traug. Bernh. Bochmann	4. Juli 1851.	Gerichtsamtsassessor zu Freiberg.
6.	Rudolf Moritz Tenzler	3. Octbr. 1850.	Advocat zu Frauenstein.
7.	Friedrich Herm. Hänlein	28. April 1851.	Schmiedemeister zu Waldheim.
8.	Karl Martin Hasse	3. Juni 1852.	Superintendent zu Frauenstein.
9.	Johannes Gottfried Kraner	7. Septbr. 1851.	Bezirksgerichtsrath zu Freiberg.
	b. Unterprima.		
10.	Ludwig Woldem. Leonhardi	21. Novbr. 1852.	Pastor zu Reinhardsdorf bei Schandau.
11.	Georg Walther Otto	5. Septbr. 1852.	Oberbergrath, zuletzt zu Leipzig. †
12.	Bernhard Julius Schmidt	6. März 1851.	Kirchschullehrer zu Cavertitz bei Strehla.
13.	Julius Alfred Franze	5. März 1851.	Bezirksthierarzt zu Erbisdorf.

Name.	Geburtsjahr und Tag.	Stand und Wohnort des Vaters.
Obersecunda. 1jähr. Cursus.		
14. Arthur Moritz Kluge	25. Septbr. 1852.	Erb- und Lehnrichter zu Flöha. †
15. Louis Richard Max Omar	17. Novbr. 1852.	Fabrikfactor zu Freiberg.
16 Johannes Teichgräber	28. Decbr. 1853.	Diaconus zu Freiberg.
17. Georg Konrad Rosenkranz	15. Decbr. 1852.	Pastor zu Freiberg.
18. Karl Christ. Joh. Leonhardl	14. März 1852.	Pastor zu Mügeln.
19. Eduard Hugo Lorrmann	1. Juni 1851.	Färbermeister zu Grosshartmannsdorf. †
20. Albert Merbach	3. April 1854.	Superintendent zu Freiberg.
Untersecunda. 1jähr. Cursus.		
21. Paul Ew. Joh. Trautschold	18. März 1853.	Pastor zu Reinsberg.
22. Robert Richard Fischer	4. Januar 1852.	Gutsbesitzer zu Grossschirma.
23. Karl Ludwig Kraft	14. März 1854.	Advocat zu Freiberg.
24. Karl Ottom. Erchenbrecher	23. Septbr. 1853.	Pastor zu Hormersdorf.
25. Karl Heinrich v. Woydt	8. April 1854. ·	Particulier zu Dresden. †
26. August Friedrich Wappler	21. März 1853.	Factor der Mineralienniederlage zu Freiberg.
27. Hermann Rudolf Thiele	16. August 1852.	Erbgerichtsbesitzer zu Mühlbach.
28. Ludwig Paul Geissler	20. Februar 1851.	Oeconom zu Grossschirma.
29. August Hermann Hüttel	10. Juni 1852.	Bauunternehmer zu Rochlitz.
30. Otto Friedrich Felgner	7. Juni 1853.	Apotheker zu Frauenstein.
31. Paul Löwe	15. April 1854.	Cantor zu Saida.
32. Emil Hugo Hermann	20. Mai 1853.	Mühlenbesitzer zu Freiberg. †
33. Friedrich August Müller	10. März 1853.	Arzt zu Döbeln. †
34. Georg Emil Rossberg	18. August 1852.	Stadtr. u. Buchdruckereibes. zu Frankenberg.
35. Richard Theodor Linke	20. Novbr. 1852.	Lehngerichtsbesitzer zu Helbigsdorf. †
36. Arthur Theodor Vogel	18. Januar 1854.	Anstalts-Rendant zu Schloss Waldheim.
37. Carl Heinr. Rich. Frotscher	24. Novbr. 1853.	Buchhändler zu Freiberg.
38. Georg Wunibald Winkler	18. Decbr. 1853.	Pastor zu Naundorf.
39. Paul Alfred Neff	21. März 1853.	Hypothekenbuchführer zu Freiberg.
40. Otto Willibald Gringmuth	3. Januar 1852.	Apotheker zu Narkneukirchen.
41. Joh. Leop. Schaarschmidt	5. Juni 1853.	Superintendent zu Marienberg.
Obertertia. 1jähriger Cursus.		
42. Georg Ludwig Heydemann	16. April 1855.	Pastor zu Grosswaltersdorf.
43. Carl Friedrich Heinz	31. März 1855.	Maschinenbauconducteur zu Freiberg.

	Name.	Geburtsjahr. und Tag.	Stand und Wohnort des Vaters.
44.	Arthur Alfred Krebs	4. Februar 1855.	Kaufmann zu Waldheim.
45.	Georg Br. Rud. Schellhorn	22. Februar 1855.	Spar- u. Stadtcassenverwalter zu Frauenstein
46.	Paul Martin Thieme	11. Novbr. 1854.	Pastor zu Greifendorf.
47.	Theodor Klengel	22. Octbr. 1854.	Bezirksbaumeister zu Freiberg. †
48.	Paul Oskar Theod. Blüher	11. Juni 1856.	Advocat zu Freiberg.
49.	Friedrich Guido Wächter	3. Februar 1855.	Rechnungsführer im Königlichen Bergwerk zu Paschkowitz bei Mügeln.
50.	Herm. Ernst Arno Becker	30. April 1856.	Arzt in Grosshartmannsdorf.
51.	Carl Victor Wilsdorf	18. Januar 1857.	Rittergutspachter zu Grosshartmannsdorf.
52.	Friedrich Bruno Penckert	20. Juni 1854.	Tischlermeister zu Waldheim. †
53.	Carl Johannes Sturm	1. März 1856.	Pastor zu Freiberg.
54.	Otto Georg Beck	14. Novbr. 1852.	Bezirksgerichtsrendant zu Freiberg.
55.	Carl Adolf Alwin Höffer	18. März 1855.	Fabrikbesitzer zu Tannenberg bei Annaberg.
56.	Hermann Edgar Weickert	23. Januar 1854.	Factor des K. Handelsbureau zu Freiberg.
57.	Heinrich Gust. Ad. Klitzsch	10. Januar 1852.	Pension. Förster zu Freiberg.
58.	Rudolf v. Oppen	10. April 1855.	Amtshauptmann zu Freiberg.
59.	Theodor Teichgräber	2. Decbr. 1855.	Diaconus zu Freiberg.
60.	Otto Ludwig Rosenkranz	18. März 1856.	Pastor zu Freiberg.
61.	Carl Gotthold Richter	14. Juni 1854.	Lehrer und Cantor zu Frankenberg.
62.	Curt Emil Mehnert	24. Septbr. 1854.	Ziegeleibesitzer zu Freiberg.
63.	Ernst Moritz Weber	28. August 1855.	Oeconomiecommissar zu Freiberg.
64.	Carl Fr. Wilh. P. Lorenz	25. März 1855.	Waagemeister zu Freiberg.
65.	Ernst Gustav Clauss	3. Decbr. 1853.	Schneidermeister zu Rosswein.
66.	Heinrich Hilmar Naumann	14. März 1854.	Pastor zu Weissbach bei Zschopau.

Untertertia.
1jähriger Cursus.

67.	Victor Schieck	6. Octbr. 1855.	Fabrikbesitzer und Stadtr. zu Frankenberg.
68.	Georg Ludwig Schlegel	28. Juli 1855.	Tischlermeister zu Freiberg. †
69.	Carl Max Töpel	3. Juli 1855.	Oberförster zu Plaue.
70.	Paul Buchner	14. Februar 1856.	Gerichtsamtmann zu Mügeln.
71.	Ernst Paul Mehlhorn	25. Septbr. 1852.	Gutsbesitzer zu Drebach.
72.	Franz Moritz Otto Börner	31. Decbr. 1856.	Arzt zu Rosswein.
73.	Johannes Georg Stöckel	29. Septbr. 1855.	Bezirksgerichtsdirector zu Freiberg.
74.	Paul Richard Morgenstern	13. März 1854.	Hausmann im Gymnasium zu Freiberg.
75.	William Adolf Wappler	16. Juni 1855.	Factor d. Min.-Niederl. d. Bergakad. zu Freiberg.
76.	Paul Julius Hensel	19. Juli 1857.	Posamentier zu Freiberg.
77.	Carl Richard Lucius	6. Novbr. 1856.	Bergmeister zu Freiberg.

	Name.	Geburtsjahr und Tag.	Stand und Wohnort des Vaters.
78.	Paul Alfred Erler	22. Januar 1856.	Professor am Gymnasium zu Freiberg.
79.	Bernh. Friedr. M. Langer	23. Juni 1853.	Kaufmann zn Jöhstadt.
80.	Ernst Hugo Flade	15. März 1855.	Pastor zu Berthelsdorf. †
81.	Albert Friedrich Haubold	21. Septbr. 1854.	Gutsbesitzer zu St Michaelis bei Freiberg.
82.	Ernst Reinhard .Walther	4. März 1854.	Arzt zu Hennersdorf bei Schmiedeberg.
83.	Theod. Rich. F. Wolke	16. Juni 1856.	Kirchschullehrer zu Langenau.
84.	Paul Hermann Gehe	22. Januar 1855.	Geometer zu Halsbrücke.
85.	Paul Herm. Aug. Friedrich	3. Septbr. 1856.	Pastor zu Krögis.
86.	Oscar Alexander Eichler	21. August 1855.	Gemeindevorstand zu Zethau.
87.	Friedrich Bernh. Schubert	17. Mai 1855.	Tischlermeister zu Rosswein.
88.	Carl Zimmermann	16. Mai 1855.	Maurermeister zu Freiberg.
89.	Erich Klien	8. April 1856.	Advocat zu Nossen.
90.	Friedrich Wilhelm Starke	11. April 1856.	Schmied zu Miltitz.
91.	Richard Theodor Wengler	17. Juni 1855.	Bergverwalter zu Himmelf. Fdgr. b. Freiberg.
92	Franz Alfred Leonhard	17. Juni 1855.	Pastor zu Zöblitz.
93.	Max Heinrich Schreiber	11. August 1855.	Rathsdiener zu Freiberg.
94.	Georg Hacker	7. März 1857.	Pastor zu Lichtenberg.
95.	Carl Guido Mühlmann	21. Juli 1854.	Pastor zu Zethau.
96.	Hermann Kind	20. Mai 1854.	Obersteiger zu Voigtsberg.
97.	Carl Hugo Haase	26. Juni 1857.	Advocat zu Hainichen.
98.	Oswin Eugen Schmidt	31. Decbr. 1857.	Gemeindevorstand zu Dittmannsdorf.

Quarta.
1jähriger Cursus.

99.	Curt Junge	28. Septbr. 1856.	Professor a. d. Bergakademie zu Freiberg. †
100.	Paul Otto Schotte	23. Juli 1855.	Cassirer an der Sparcasse zu Freiberg.
101.	Friedrich Hermann Lange	8. Januar 1857.	Wäschsteiger zu Rothenfurth.
102.	Carl Georg Klinger	12. Novbr. 1856.	Kirchschullehrer zu Grumbach bei Jöhstadt.
103.	Friedrich Emil Meyer	23. Novbr. 1854.	Fabrikant in Sehma.
104.	Rudolf Bornemann	11. Juli 1857.	Stollnfactor zu Freiberg.
105.	Carl Ludwig Welsch	18. Januar 1857.	Kleidermacher zu Freiberg.
106.	Alban Immanuel Frisch	21. Octbr. 1856.	Proviantamtscontroleur zu Freiberg.
107.	Ernst Otto Köhler	8. Septbr. 1857.	Bürgerschullehrer zu Freiberg.
108.	Paul Alfred Krüger	29. Septbr. 1857.	Lehrer zu Freiberg.
109.	Paul Theodor Höckner	6. Juli 1858.	Rittergutsbesitzer zu Langenrinne.
110.	Alfred Moritz Tenzler	3. Februar 1857.	Advocat zu Frauenstein.
111.	Julius Martin Leonhardi	26. Decbr. 1855.	Pastor zu Reinhardsdorf bei Schandau.
112.	Carl Gotth. Jul. Münzner	13. März 1856.	Oeconomie-Obercommissar zu Freiberg.

	Name.	Geburtsjahr und Tag.	Stand und Wohnort des Vaters.
113.	Albert Guido Müller	13. Decbr. 1855.	Oberforstmeister zu Eibenstock. †
114.	Carl Hertwig	16. August 1857.	Kaufmann zu Schneeberg †
115.	Carl Hermann Pampel	5. April 1856.	Lehrer zu Frankenberg.
116.	Adolf Otto Berthold	22. Mai 1854.	Müller zu Beerwalde. †
117.	Max Georg Friedrich	7. Februar 1858.	Förster zu Ansprung. †
118.	Carl Oscar Mehner	22. Februar 1857.	Pastor zu Satzung. †
119.	Carl Hermann Grosse	6. Decbr. 1856.	Kunstgärtner zu Waldheim.
120.	Heinrich Teichgräber	7. August 1857.	Diaconus zu Freiberg.
121.	Paul Richard Stricker	23. Mai 1857.	Stadtcassirer zu Oederan.
122.	Theodor Otto Canzler	14. Novbr. 1857.	Apotheker zu Limbach.
123.	Georg Detlev Münzner	8. Juli 1857.	Oeconomie-Obercommissar zu Freiberg.
124.	Albin Theodor Müller	22. Mai 1855.	Leinwandfabrikant zu Grosshartmannsdorf.
125.	Max Adolf Netto	10. Novbr. 1856.	Berginspector zu Schneeberg.
126.	Paul Theodor Krieger	31. August 1857.	Posamentier zu Grossenhain.
127.	Carl Theodor Damm	1. August 1857.	Arzt zu Niederbobritzsch.
128.	Ewald Wilhelm Gleisberg	31. Juli 1857.	Gerichtsamtsrendant zu Freiberg.
129.	Georg Eduard Tittel	4. Januar 1857.	Bergverwalter zu Freiberg.
130.	Carl Alwin Neuber	4. Mai 1856.	Kaufmann zu Lengefeld i. G.
131.	Max Ernst Opelt	13. Januar 1856.	Lehngerichtsbesitzer zu Grosswaltersdorf.
132.	Johann Julius Stohn	10. Januar 1857.	Schankwirth zu Freiberg.
133.	Carl Alfred Hartenstein	5. April 1855.	Pastor zu Königstein.
134.	Paul Arthur Räbiger	22. April 1857.	Lehrer zu Nieder-Rossau bei Mittweida.
135.	Ferdinand Dippmann	6. Juli 1856.	Gutsauszügler zu Schönborn.
136.	Friedrich Otto Hempel	20. April 1856.	Güterexpeditionsassistent zu Freiberg.
137.	Julius Otto Schuster	26. Februar 1857.	Bäckermeister zu Freiberg.
138.	Isidor Alexander Rost	1. October 1858.	Restaurateur zu Freiberg.

Quinta.
1jähriger Cursus.

139.	Otto Friedrich Golz	4. Mai 1858.	Advocat zu Freiberg.
140.	Rich. Hans Theod. Rössler	14. Decbr. 1857.	Stadtrath zu Freiberg.
141.	Johann Oscar Neubert	8. Januar 1857.	Portefeuille-Arbeiter zu Freiberg.
142.	Anton Constantin Baumann	14. Januar 1857.	Gerichtsamtsassessor zu Stollberg. †
143.	Otto Richard Hensel	8. Octbr. 1858.	Posamentier zu Freiberg.
144.	Carl Friedrich Hasse	13. April 1857.	Superintendent zu Frauenstein.
145.	Arno Rudolf Gross	22. Juli 1858.	Forstinspector zu Zöblitz. †
146.	Max Theodor Gross	25. März 1858.	Buchbinder zu Waldheim.
147.	Arthur Johann Heinicke	5. Decbr. 1857.	Arzt zu Seiffen.

	Name.	Geburtsjahr und Tag.	Stand und Wohnort des Vaters.
148.	Carl Hermann Fischer	11. August 1858.	Kaufmann zu Saida.
149.	Georg Zimmermann	31. Octbr. 1857.	Maurermeister zu Freiberg.
150.	Albert Paul Dörfling	13. Juni 1857.	Buchhalter zu Waldheim.
151.	Friedrich Edmund Christoph	26. Januar 1858.	Lehrer zu Berthelsdorf.
152.	Oswald Heinrich Mühlmann	3. April 1858.	Pastor zu Zethau.
153.	Ernst Robert Fritzsche	11. Novbr. 1856.	Obersteiger zu Schönborn.
154.	Max Hugo Bellmann	11. März 1857.	Maurermeister zu Freiberg.
155.	Friedr. Emil Osw. Favecker	31. Mai 1858.	Arzt zu Freiberg.
156.	Paul Hermann Walther	11. Juni 1857.	Arzt zu Freiberg.
157.	Max Armand Müller	25. Februar 1858.	Gerichtsamtsassessor zu Grünhain.
158.	Wilhelm Richard Schürer	14. Novbr. 1857.	Kaufmann zu Freiberg.
159.	Adolf Georg Stohn	18. Juni 1859.	Kaufmann zu Freiberg.
160.	Hilmar Theod. Kindermann	9. März 1857.	Apotheker zu Zschopau. †
161.	Curt Constantin Stecher	6. März 1858.	Zimmermeister zu Freiberg.
162.	Ernst Emil Wolke	12. April 1856.	Gutsbesitzer zu Kleinwaltersdorf.
163.	Ernst Herm. G. Weickert	10. Juni 1858.	Factor d. K. Handelsbureau zu Freiberg.
164.	Ernst Albert Richter	6. Juli 1858.	Uhrmacher zu Brand.
165.	Ernst Paul Opelt	22. Septbr. 1857.	Lehngerichtsbesitzer zu Grosswaltersdorf.
166.	Paul Richard Wiladorf	17. Juli 1857.	Gutsbesitzer zu Lichtenberg. †
167.	Christian Gotthold Sachse	18. Mai 1857.	Kaufmann zu Lengefeld.

Sexta.
1jähriger Cursus.

168.	Carl Richard Seyderhelm	2. Mai 1857.	Kunstgärtner zu Freiberg. †
169.	Gustav Reinhard Scheinpflug	6. Juni 1857.	Waagesteiger zu Freiberg.
170.	Curt Richard Opitz	2. Januar 1859.	Kaufmann zu Freiberg.
171.	Paul Heinrich Reinel	24. August 1858.	Assistenzarzt zu Freiberg.
172.	Friedrich Johann Schubert	16. August 1857.	Gutsbesitzer zu Grosshartmannsdorf.
173.	Johann Hugo Klingsohr	10. Octbr. 1857.	Erbgerichtsbesitzer zu Sorgau bei Zöblitz.
174.	Georg Röhling	13. Octbr. 1858.	Bergrechnungsrevisor zu Freiberg.
175.	Emil Ottomar Höppner	12. Juli 1859.	Rittergutsbesitzer zu Heeselicht bei Stolpen.
176.	Ernst Louis Krug	9. März 1857.	Castellan zu Purschenstein.
177.	August Emil Lange	24. Juni 1854.	Gutsbesitzer zu Grumbach bei Hainichen. †
178.	Heinrich Richard Philipp	26. April 1857.	Wollwaarenhändler zu Freiberg.
179.	Hugo Friedrich Rosenkranz	10. Januar 1860.	Pastor zu Freiberg.
180.	Friedr. Volkmar Hartenstein	21. Juli 1857.	Pastor zu Schandau.
181.	Oscar Heinrich Haufe	27. Novbr. 1857.	Bergarbeiter u. Wirthschaftsbes. zu Tuttendorf.
182.	Max Woldemar Wagner	13. März 1857.	Gutsbesitzer zu Breitenau bei Oederan.

Name.	Geburtsjahr und Tag.	Stand und Wohnort des Vaters.
183. Carl Wilh. Otto Rossbach	10. Januar 1859.	Tischler zu Dresden. †
184. Carl Friedrich Gabriel	11. Juli 1857.	Gerichtsamtmann zu Brand. †
185. Carl Wilhelm Fleischer	10. April 1858.	Kohlenhändler zu Freiberg.
186. Carl Georg Schürer	3. Mai 1858.	Kupferschmiedemeister zu Freiberg.
187. Paul Richard Müller	6. Novbr. 1857.	Oberforstmeister zu Eibenstock. †
188. Julius Georg Braun	27. März 1858.	Rittergutsbesitzer zu Erbisdorf.
189. Franz Paul Edgar Vogel	26. Novbr. 1859.	Oberpostsecretär zu Freiberg.
190. Johannes Paul Schuster	24. Juni 1858.	Bäckermeister zu Freiberg.
191. Paul Georg Wieland	27. Decbr. 1859.	Gerichtsamtscontroleur zu Brand.

II.

Uebersicht der Lectionen im Schuljahre 1870 — 71.

Prima. Ordinarius: der Rector.

Deutsch 3 Stunden. Aufsätze. Declamation. Redeübungen. Lectüre: Schillers Braut von Messina und Wallenstein. Literaturgeschichte bis auf Göthe. *Rector.*

Lateinisch 9 Stunden. Cic. Tusc. lib. V. cap. 25 bis zu Ende und lib. I, c. 1 — 22. 2 Stunden. — Horat. Carm. IV., 6 — 9, 11 — 12, 14 — 15. Carmen Saec. Epod. 1 — 7, 9 — 10, 13, 16. Carm. lib. I, 1 — 4. Epist. lib. I, 11 — 20. lib. II, 1. Daneben poetische Uebungen. 2 Stunden. — Stilübungen (Extemporalien, Uebersetzungen und freie Arbeiten). 2 Stunden. — Disputationen 1 Stunde. *Brause.* — Tac. ab Exc. D. Aug. lib. II, 85 — IV, 36.

Griechisch 6 Stunden. Schreibübungen mit syntactischen Excursen. 1 Stunde. — Plato's Gastmahl und Criton. Daneben, als Privatlectüre, Ilias, Buch 12 — 16. 3 Stunden. *Rector.* — Sophocles Antigone. 2 Stunden. *Erler.*

Französisch 2 Stunden. Impromptus und freie Aufsätze. 1 Stunde. — Corneille, le Cid., acte II — V. 1 Stunde. *Prölss.*

Hebräisch 2 Stunden. (Obligatorisch nur für die künftigen Theologen): Syntax nach Gesenius und Uebungen im Uebersetzen aus dem Deutschen ins Hebräische. 1 Stunde. — Lectüre von 1. Sam. I — VII (cursorisch) und Psalm 28 — 31 (statarisch). 1 Stunde. *Prölss.*

Religion 2 Stunden. Kurze Wiederholung der Kirchengeschichte der früheren Perioden. Fortsetzung derselben vom 13. — 16. Jahrhundert. *Prölss.*

Philosophische Propädeutik 1 Stunde. Die Lehre von den Begriffen, Urtheilen und Schlüssen. *Rector.*

Geschichte 3 Stunden. Neuere Geschichte vom westphälischen Frieden bis zum Tode Friedrichs des Grossen. 2 Stunden. — Repetition der griechischen Geschichte. 1 Stunde. *Erler.*

Mathematik 4 Stunden. Arithmethik: Kettenbrüche und diophantische Gleichungen. Geometr. Construction der Wurzeln der Gleichungen 2. Grades. Trigonometrische Lösung der Gleichungen 2. Grades. Reciproke Gleichungen. Progressionen. Uebungen nach Heis. 2 Stunden. — Geometrie: Stereometrie mit Rücksicht auf Trigonometrie. 2 Stunden. Bis zu den Sommerferien *Michaelis,* nachher *Hoffmann.*

Physik 2 Stunden. Optik. Daneben Repetition der Lehre von den flüssigen Körpern, nach Brettner. 2 Stunden. *Hoffmann.*

Obersecunda. Ordinarius: Brause.

Deutsch 3 Stunden. Aufsätze. Declamiren. Vorträge. Literaturgeschichte bis 1500 mit Proben nach Pütz. Lectüre: Auswahl aus Walter von der Vogelweide, dann Göthe's Götz von Berlichingen. *Rachel.*

Lateinisch 10 Stunden. Cic. or. pro P Sestio. 3 Stunden. — Stilübungen (Extemporalien, Uebersetzungen und freie Aufsätze), daneben ausgewählte Stücke der Syntaxis ornata. 2 Stunden. *Brause.* — Livius lib. XXIII, 15 — 49.; XXI, 1 — 15. 2 Stunden. — Vergil. Aen. IV., 198 — 705; VI, 1 — 901. 2 St. Metrik: Strophen, Hendecasyllaben, Choliamben. 1 Stunde. *Richter.*

Griechisch 6 Stunden. Syntax (Attraction — Fragesätze — Negationen — Infinitiv — Modi) und Schreibübungen. 1 Stunde. — Herod. IX, 1 — 91. 2 Stunden. — Isocr. Evag. 12 bis zu Ende und Paneg. 1 — 42. 1 Stunde. *Brause.* — Hom. Ilias, 1, XI — XVI, 5. *Rector.*

Französisch 2 Stunden. Grammatische und schriftliche Uebungen nach Seyerlen §. 165 bis 189. Die Lehre von den Pronoms impropres und den verbes irréguliers nach Sanguin; Impromptus. 1 Stunde. — Lectüre aus Seinecke Troisièmes Lectures, III. Partie, No. 5, 6, 7, 9, 11, 12. 1 Stunde. *Prölss.*

Hebräisch 2 Stunden (s. unter Prima). Mit der oberen Abtheilung Syntax nach Gesenius und Lectüre aus dessen Lesebuch, S. 45 — 75. Mit der unteren Abtheilung Lese- und Schreibübungen. Einübung der Redetheile. *Prölss.*

Religion (Ober- und Untersecunda combinirt) 2 Stunden. Erklärung des Evangeliums Matthäi nach dem Grundtexte, Cap. 11 — 21. *Prölss.*

Geschichte (Ober- und Untersecunda combinirt) 3 Stunden. Geschichte des Mittelalters von Gründung des deutschen Reiches bis auf Kaiser Friedrich III, mit geographischen Excursen. *Rector.*

Mathematik 4 Stunden. Arithmetik: Logarithmen. Gleichungen 2. Grades mit einer und mehreren Unbekannten. Die arithmetischen Progressionen. 2 Stunden. — Geometrie: Kreislehre, 2. Theil. Ebene Trigonometrie. 2 Stunden. Bis zu den Sommerferien *Michaelis,* dann *Hoffmann.*

Physik (Bis zum 1. December Ober- und Untersecunda combinirt) 2 Stunden. Einleitung in die Physik. Lehre vom Gleichgewicht der festen und flüssigen Körper. *Hoffmann.*

Privatim wurden unter Controlle des Ordinarius gelesen: Odyssee, XVI bis mit XXI.

Untersecunda. Ordinarius: Erler.

Deutsch 3 Stunden. Aufsätze. Declamation. Lectüre: Schiller's Jungfrau von Orleans, dann Nibelungenlied. Bis zu den Sommerferien *Süss,* dann *Renner.*

Lateinisch 10 Stunden. Cicero's Cato major und or. de imperio Cn. Pompeji. 3 St. Curtius lib. III und IV., c. 1 — 3. 1 Stunde. — Elemente der Stilistik, Specimina und Extemporalien. 1 Stunde. *Erler.* — Ovid, ausgewählte Stücke der Metamorphosen, später Fast. 1, 1 — 295. IV, 393 — 620. Trist. I, 3 und IV, 10. Daneben metrische Uebungen. 3 Stunden. *Nuster,* seit Neujahr *Jungmann.*

Griechisch 6 Stunden. Arrian, Anab. lib. I und II, c. 1 — 5. 3 Stunden. — Grammatik (Nebensätze, Infinitiv, Particip und Negationen) und Schreibübungen 1 Stunde. *Erler.* — Homer Odyssee, IX — XI. Bis zu den Sommerferien *Nuster,* dann *Renner.*

Französisch 2 Stunden. Grammatische und schriftliche Uebungen nach Seyerlen §. 120 bis 157. 1 Stunde. — Lectüre aus Seinecke, Secondes Lectures, II. Partie No. 55 — 68. 1 Stunde. *Prölss.*

Religion 2 Stunden. S. Obersecunda.

Geschichte 3 Stunden. S. Obersecunda.

Mathematik 4 Stunden. Arithmetik: Potenzen und Wurzeln. Gleichungen des 1. Grades mit einer u. mehreren Unbekannten. 2 Stunden. — Geometrie: Flächengleichheit der Figuren. Kreis, erste Hälfte. Aehnlichkeit. 2 Stunden. *Hoffmann.*

Physik 2 Stunden (bis 1. December Ober- und Untersecunda combinirt). Wie in Obersecunda.

Privatim wurden, unter Controlle des Classenlehrers, gelesen Odyssee etc., VII, VIII, XIII — XVIII, XXII, XXIII.

Obertertia. Ordinarius: Richter.

Deutsch 2 Stunden. Stilistik, Aufsätze, Declamation, Lectüre von Schillers Tell. *Richter.*

Lateinisch 10 Stunden. Caes. de b. Gall. lib. VI statarisch, II — III cursorisch. Dann Cic. in Catil. I, II, III, c. 1 — 8. 3 Stunden. — Grammatik nach Zumpt (Participia, Supina, Syntaxis ornata, c. 84, 85) und Schreibübungen. 3 Stunden. Metrik: Lat. Distichen nach deutschen Texten. 1 Stunde. *Richter.* — Ovid Metam. nach Siebelis Auswahl, No. 1 — 8. 2 Stunden. *Rachel.*

Griechisch 6 Stunden. Grammatik nach Curtius (Repetition der Formen, Casuslehre und Satzlehre) und Scripta. 1 Stunde. — Xenoph. Anab. I — II, 1. 3 St. Hom. Odyssee, I, V, VI. 2 Stunden. *Richter.*

Französisch 2 Stunden. Grammatische und schriftliche Uebungen nach Seyerlen §. 76 bis 107. 1 Stunde. — Lectüre aus Seyerlen, zusammenhängende Lesestücke 45 — 80, aus Seinecke, Secondes Lectures, I. Partie, No. 1 — 40.

Religion 2 Stunden. Erklärung des Briefes Pauli an die Philipper und des Briefes des Jacobus, Cap. I. 1 Stunde. Geschichte des israelitischen Volkes von Abraham bis Salomo. 1 Stunde. *Prölss.*

Geschichte 2 Stunden. Römische Geschichte. *Erler.*

Geographie 2 Stunden. Europa. Bis zu den Sommerferien *Michaelis*, von Anfang des December bis Ostern *Kallenberg.*

Mathematik 4 Stunden. Gleichungen vom ersten Grade. — Congruenz der Figuren. Bis zu den Sommerferien *Michaelis*, dann *Hoffmann*, vom 1. Dechr. an *Noth.*

Naturkunde 2 Stunden. Sommer: Mineralogie. *Hoffmann.* Winter: Elemente der physicalischen Geographie. Einiges aus der mathematischen Geographie. *Kallenberg.*

Untertertia. Ordinarius: Rachel.

Deutsch 2 Stunden. Aufsätze, Declamation. Lectüre aus Oltrogge, III. *Kallenberg.*

Lateinisch 10 Stunden. Caes. de b. G. lib. I statarisch. lib. IV cursorisch. lib. II und IV, 1 — 14 als Privatlectüre. 4 Stunden. — Syntax (Casus-, Tempusuud Moduslehre) nach Zumpt und Schreibübungen nach Ostermann. 3 Stunden. *Rachel.* — Poet. Chrestom. von Franke. 2 Stunden. Metrik mit Uebungen. 1 Stunde. *Süss.*

Griechisch 6 Stunden. Formenlehre (Verba auf $\mu\iota$ und die letzten 4 Classen) nach Curtius, 302 — 333. Lehre von den Präpositionen. 3 Stunden. — Lectüre aus Schenkels Elementarbuch. 3 Stunden. *Rachel.*

Französisch 2 Stunden. Elemente der Grammatik. Mündliche und schriftliche Uebungen nach Plötz, Lect. 70 — 105. *Kallenberg.*

Religion 2 Stunden. Erklärung des Evangeliums des Lucas, Kap. 1 — 6. 1 Stunde. Die drei Artikel des christlichen Glaubens nach Luthers Katechismus, vor jeder Stunde Recitation eines Hauptstückes. 1 Stunde. *Prölss.*

Geschichte 2 Stunden. Der alte Orient und Griechenland bis auf Alexander d. Gr. einschliesslich. *Rachel.*

Geographie 2 Stunden. Europa. Bis zu den Sommerferien *Michaelis.* Vom Decbr. bis Ostern *Kallenberg.*

Mathematik 4 Stunden. Elemente der allgemeinen Arithmetik. — Geom. Formenlehre. Winkel an Parallellinien und Congruenz der Dreiecke. Bis zu den Sommerferien *Michaelis,* bis Anfang December *Hoffmann,* zuletzt *Noth.*

Naturkunde 2 Stunden. Sommer Botanik. Winter Zoologie. Bis Anfang December *Kallenberg,* dann *Noth.*

Quarta. Ordinarius: Nuster, dann Jungmann.

Deutsch 3 Stunden. Aufsätze. Satzlehre. Declamirübungen. Lectüre in Oltrogge, II. *Burkhardt,* seit Neujahr *Jungmann.*

Lateinisch 10 Stunden. Cornelius Nepos, die sieben ersten Biographien. 4 Stunden. Syntax nach Ostermanns Uebungsbuch, mit Schreibübungen. 6 Stunden. *Nuster,* dann *Jungmann.*

Griechisch 6 Stunden. Formenlehre nach Curtius bis zu den Verben auf μι ausschliesslich. Lectüre in Schenkels Uebungsbuch. Schreibübungen. *Nuster,* dann *Jungmann.*

Französisch 2 Stunden. Elemente der Grammatik. Mündliche und schriftliche Uebungen nach Plötz, Lect. 50 — 90. *Kallenberg.*

Religion 3 Stunden. Repetition des II. Hauptstückes des kleinen lutherischen Katechismus. Lehre von den Gnadenmitteln (III. und IV. Hauptstück). Liturgische Ordnung des evangelischen Gottesdienstes. Lernen von Sprüchen und Liedern. 2 Stunden. — Neutestamentliche Geschichte nach Zahn. 1 Stunde. *Süss.*

Geschichte 2 Stunden. Von der Reformation bis zu den Freiheitskriegen. *Kallenberg.*

Geographie 2 Stunden. Die fünf Erdtheile. *Burkhardt.*

Arithmetik 3 Stunden. Decimalbrüche. Proportionen. Zusammengesetzte Verhältnissrechnungen. Gesellschaftsrechnung. Daneben geometrische Anschauungslehre und Constructionsübungen. *Burkhardt.*

Quinta. Ordinarius: Renner.

Deutsch 3 Stunden. Satzlehre. Lectüre aus Oltrogge, I. Aufsätze. *Renner,* später *Süss,* seit Neujahr *Burkhardt.*

Lateinisch 10 Stunden. Zweiter Cursus der Formenlehre und Hauptregeln der Syntax. Specimina und Lectüre nach Ostermann. Auswendiglernen von Sprüchwörtern und kleinen Erzählungen. *Renner.*

Französisch 2 Stunden. Elemente der Grammatik. Mündliche und schriftliche Uebungen nach Plötz, Lect. 50 — 90. *Kallenberg.*

Religion 3 Stunden. Lehre vom christlichen Glauben (II. Hauptstück des kleinen Katechismus). Lernen von Sprüchen und Liedern. 2 Stunden. — Erste Hälfte der neutestamentlichen Geschichte nach Zahn. 1 Stunde. *Süss.*

Geschichte 2 Stunden. Repetition der alten Geschichte. Mittelalter, besonders deutsche Geschichte. *Burkhardt.*

Geographie 2 Stunden. Uebersicht des Erdganzen. *Burkhardt.*

Arithmetik 3 Stunden. Bruchrechnung. Bis zu den Sommerferien *Hoffmann*, dann *Burkhardt*, zuletzt *Noth.*

Naturkunde 2 Stunden. Sommer Pflanzenbeschreibung mit Hinweisung auf das Linne'-sche System. — Winter Anthropologie. Vergleichung einiger Wirbelthiere. *Burkhardt*, seit December *Noth.*

Sexta. Ordinarius: Süss.

Deutsch 4 Stunden. Die Wortarten und ihre Formen. — Lese- und Declamirübungen. Schriftliche Uebungen. *Burkhardt.*

Lateinisch 9 Std. Regelmässige Formenlehre nach Ostermanns Sextacursus. Wöchentliche Specimina und Extemporalien. *Süss.*

Religion 3 Stunden. Der Decalog (1. Hauptstück). Lernen von Sprüchen und Liedern. 2 Stunden. — Einige Hauptbegebenheiten der alttestamentlichen Geschichte nach Zahn. 1 Stunde. *Süss.*

Geschichte 2 Stunden. Alte Geschichte in Geschichtsbildern. *Burkhardt.*

Geographie 2 Stunden. Geographische Fundamentalsätze. Das Wichtigste aus der Geographie von Sachsen und von Palästina. *Burkhardt.*

Arithmetik 3 Stunden. Die vier Species. Regel de Tri mit ganzen Zahlen. Zerfällung der Zahlen in die kleinsten Factoren. *Hoffmann*, dann *Burkhardt*, zuletzt *Noth.*

Naturkunde 2 St. Beschreibung einzelner Pflanzen u. Thiere. *Burkhardt*, dann *Noth.*

Zusammen wöchentliche Stunden:

für Prima 32 (34).
für Obersecunda 32 (34).
für Untersecunda 32.
für Obertertia 32.
für Untertertia 32.
für Quarta 32.
für Quinta 27.
für Sexta 25.

Ausserdem Schreibstunden: zwei für Sexta, zwei für Quinta, eine für Quarta, eine für schwächere Quartaner und Untertertianer.

Zeichenstunden: je eine für die Schüler der Unterclassen, in vier Abtheilungen, zwei für freiwillige Zeichner der Mittel- und Oberclassen.

Turnstunden: zwei für Prima und Secunda, zwei für jede der fünf Mittel- und Unterclassen.

Singstunden: eine für Prima, Secunda und Obertertia, eine für Untertertia, Quarta Quinta und Sexta, eine für Sexta allein. Daneben die Uebungen des Singechors.

III.

Chronik des Schuljahres 1870 — 71.

Das Lehrercollegium des Gymnasiums hat im verflossenen Schuljahre grosse Veränderungen in seinem Bestande erfahren. Mit dem Beginn des letzteren trat, da die Trennung der Ober- und Untersecunda eine neue Lehrkraft erforderlich machte, Herr Dr. phil. Ewald *Nuster*, früher Oberlehrer am Gymnasium zu Bautzen, nachdem er zur Herstellung seiner erschütterten Gesundheit beinahe ein Jahr in Davos in Graubünden zugebracht hatte, als 9. Lehrer und Ordinarius der Quarta ein, da ihm jedoch bei seinem schwankenden Gesundheitszustande keine zu grosse Stundenzahl aufgebürdet werden durfte, und da zugleich der Ordinarius von Quinta, Herr Dr. *Renner*, Krankheits halber erst nach Pfingsten seine Thätigkeit beginnen konnte, so trat der Candidat des höheren Schulamtes, Herr *Burkhardt*, als Vicar in den Lehrerkreis des Gymnasiums. Derselbe berichtet über sein Leben wie folgt:

„Ich, Oswald Burkhardt, wurde geboren am 23. Mai 1842 in Limbach bei Wilsdruf. Nachdem ich 8 Jahre lang die Ortsschule besucht, bezog ich Ostern 1856, behufs meiner Ausbildung zum Elementarvolksschulamte, das Fletcher'sche Schullehrerseminar in Dresden, das ich nach bestandener Schulamtscandidatenprüfung Michaeli 1852 verliess, um eine Lehrerstelle an der 7. Bezirksbürgerschule in Dresden zu übernehmen. Nebenbei bildete ich mich von jetzt an im Königl. stenographischen Institute und in der Königl. Turnlehrerbildungsanstalt aus und nachdem ich in letztgedachter Anstalt die Prüfung bestanden und mir die „Befähigung sowohl zur Uebernahme des Turnunterrichts neben einem Schulamte, als auch zur selbstständigen Leitung einer gymnastischen Anstalt" zuerkannt worden, verwendete mich die Königl. Turnlehrerbildungsanstalt beim Turnunterrichte der Gymnasialclassen. Auch setzte ich meine begonnene Ausbildung in den fremden Sprachen fort. Als die Verordnung vom 1. Juni 1865, „die Zulassung von Volksschullehrern zum Besuche der Universität betreffend" erschien, beschloss ich sofort, die Universität Leipzig zu besuchen, studirte von Ostern 1866 ab ein triennium academicum, hörte die Professoren Ahrens, Drobisch, Delitzsch II., Kahnis, Marbach, Masius, G. Voigt, Wenck, Wuttke und Zarncke und bestand am Schlusse meiner Studienzeit die Candidatenprüfung für das höhere Volks- und Realschulamt. Nachdem ich noch ein Jahr lang an einer Privatschule in Dresden gewirkt, beorderte mich das Königl. Cultusministerium zur Stellvertretung an das Gymnasium in Freiberg."

In den Sommerferien erkrankte der fünfte College und erste Lehrer der Mathematik Herr Dr. ph. Julius *Michaelis*, und ward nach längerem Leiden der Anstalt, an welcher er 21 Jahre thätig gewesen war, durch den Tod entrissen. Ueber das frühere Leben desselben sowie über seine literarische Thätigkeit, berichtet sein Bruder, Herr Pastor Dr. ph. Edmund Michaelis zu Leipzig, Folgendes:

„Wilhelm Julius Hermann Michaelis ward den 22. Juni 1810 zu Leipzig geboren als der älteste Sohn des dasigen Advocaten Dr. jur. Christian August Michaelis. Er besuchte die Bürgerschule seiner Vaterstadt, dann das Gymnasium zu St. Nicolai, ging Ostern 1827 zur Universität ab, wo er zuerst ein halbes Jahr Jurisprudenz, dann Mathematik studirte. Gleich nach beendigtem Studium wurde er erst als Adjunct, dann als zweiter Lehrer für Mathematik angestellt, in welcher Stellung er, 1835 einen ehrenvollen Ruf an das Gymnasium zu Annaberg ablehnend, bis 1837 verblieb. Nach einem mehrjährigen durch leidende Gesundheit bedingten Zurückzug, während dessen er Privatunterricht ertheilte und literarisch äusserst thätig war, auch als Redacteur des Pfennig-Magazins und Mitarbeiter der Leipziger Allgemeinen Zeitung, trat er unter Director Schiebe 1840 als Lehrer der Mathematik und Physik an der öffentlichen Handelslehranstalt zu Leipzig ein, an der er in anerkannt gesegneter Wirksamkeit stand, bis zu Michaeli 1849 das hohe Ministerium ihn an das Gymnasium zu Freiberg als Lehrer der Mathematik und 8. Collegen berief.

Nach 21jährigem Wirken an diesem Gymnasium vollendete er zu Freiberg am 3. September 1870.

Die vielfache literarische Thätigkeit des Verewigten erhellt aus folgendem Verzeichniss von ihm veröffentlichter Schriften:

1) Waterloo. Eine Dichtung von Barthelemy. Aus dem Französischen übersetzt. 1829.

2) Vieth's Erster Unterricht in der Mathematik für Bürgerschulen. 6. Auflage, durchaus verbessert und vermehrt. Leipzig. Barth. 1838.

3) Herschel's Populäre Astronomie. Aus dem Englischen übersetzt. Leipzig, Voss. 1838.

4) Anfangsgründe der Naturlehre. Leipzig. Fleischer. 1839.

5) H. W. Brandes, Vorlesungen über die Naturlehre. In 2. Auflage vermehrt und verbessert von C. W. H. Brandes u. J. Michaelis. Leipzig. Göschen. 1844.

6) Leitfaden für den mathematischen Elementarunterricht in Handels- und höheren Bürgerschulen. Leipzig. Weidmann'sche Buchhandlung. 1844.

7) Deutschlands Eisenbahnen. Nach officiellen Quellen bearbeitet. 2. Auflage. Leipzig. Amelang's Verlag. 1859.

8) Eisenbahnkarte von Mitteleuropa. Dresden. Burdach, in vielen Ausgaben.

Ausserdem verfasste Dr. J. Michaelis noch zahlreiche mathematische Artikel für das Brockhaus'sche Conversationslexicon, sowie viele Correspondenzen in Bezug auf das Eisenbahnwesen in der wissenschaftl. Beilage der Leipziger Zeitung, der Deutschen Allgemeinen, der Berliner Börsenzeitung u. a."

An unserem Gymnasium hat der Verstorbene als Lehrer der Mathemathik, Naturkunde und Geographie Vortreffliches geleistet; in den letzten Jahren jedoch trübte eine bisweilen hervortretende Hypochondrie zwar nicht die Klarheit in seinem Denken und Lehren, wohl aber einigermassen die Freudigkeit seines Schaffens, und schmälerte wohl auch den Erfolg des Letzteren. In den Herzen seiner Collegen, Freunde und Schüler hat ihm seine echt christliche, wahrhaft bescheidene, gütige und menschenfreundliche Sinnesart, seine gewissenhafte Berufstreue und seine über die Grenzen seiner Berufswissenschaft weit hinaus reichende Empfänglichkeit für alle höheren Interessen des Lebens ein bleibendes Andenken der Liebe und Verehrung gesichert.

In die Stelle des fünften Collegen rückte der bisherige sechste, Herr Dr. *Richter*, in die des sechsten Collegen und ersten Lehrers der Mathematik, der bisherige siebente College, Herr Oberlehrer *Hoffmann* auf. Die von dem Letzteren bis dahin bekleidete Stelle des zweiten Lehrers der Mathematik ward am 1. December durch Ernennung des bisherigen Oberlehrers am Seminar zu Plauen, Herrn Dr. *Noth*, wieder besetzt. Derselbe berichtet über sein Leben wie folgt:

,,Ich, Hermann Theodor Noth, wurde am 14. Aug. 1840in Liptitz (b. Hubertusburg) geboren. Mein Vater, welcher das Pfarramt in diesem Dorf verwaltete, ertheilte mir und meinem älteren Bruder den Unterricht. Dieser bestand, da wir nach dem Wunsche des Vaters nicht studiren, sondern irgend ein technisches Fach zu userm Lebensberufe wählen sollten, hauptsächlich in französischer Sprache und Mathematik. Erst später, als ich bereits das zwölfte Jahr erreicht hatte, wurde unser Vater durch die Unterhaltung mit einem seiner Jugendfreunde dazu bestimmt, uns auch im Lateinischen und Griechischen zu unterrichten. Aber nur mein Bruder wurde aufs Gymnasium gebracht; ich zog es vor, meinem ursprünglichen Vorsatze treu zu bleiben und Mechaniker zu werden. Nach meiner Confirmation (Ostern 1854) wurde ich von Herrn Bergmechanikus Lingke in Freiberg als Lehrling angenommen. Während meiner Lehrzeit wurde mir von einem meiner Verwandten, der damals Gymnasiallehrer in Freiberg war, Unterricht in Mathematik ertheilt, sodass ich später die Gelegenheit benutzen durfte, die Vorlesungen auf der Königl. Bergakademie zu besuchen. Im Frühjahr 1861 ging ich nach Berlin, um in der Telegraphenbauanstalt von Siemens & Halske als Gehilfe zu arbeiten. Im Herbste desselben Jahres wurde ich aber durch den Bergmechanikus in Clausthal im Harze aufgefordert, seine Werkstatt zu besuchen. In diesem Gebirgsstädtchen hielt ich mich ein volles Jahr auf. Hier reifte bei mir allmählich der Entschluss, Mathematik zu studiren, wozu mir bisher nie die Neigung, wohl aber der Muth

gefehlt hatte. Da mein Bruder nach absolvirtem Examen pro candid. et licentia concion.
noch ein Jahr in Berlin zu studiren beabsichtigte, begleitete ich denselben dahin und
wurde auf Grund eines von den Herren Professor Junge und Oberbergrath Weisbach
in Freiberg ausgestellten Zeugnisses am 25. October 1862 als Student der Mathematik
und Physik immatriculirt. In Berlin studirte ich zwei Semester. Hierauf bezog ich die
Universität Leipzig, welcher ich neun Semester hindurch angehörte. Innerhalb dieses
Zeitraumes bestand ich das Maturitätsexamen, zu welchem ich besonders durch Herrn
Prof. Raschig vorbereitet wurde, auf der Thomasschule zu Leipzig und die Königliche
Staatsprüfung „für Fachlehrer in den mathematischen und Naturwissenschaften". Nach-
dem ich das gesetzlich vorgeschriebene Probejahr auf der Realschule zu Chemnitz (von
Ostern 1808 bis Ostern 1869) absolvirt hatte, wurde ich vom Königl. Ministerium des
Cultus und öffentlichen Unterrichts zum provisorischen Oberlehrer am Seminar zu Plauen
ernannt und am 1. November 1869 zum ständigen Oberlehrer befördert. Am 1. Decbr.
1870 berief mich das Königl. Ministerium an das Gymnasium zu Freiberg."

Zu Ende des October hatte inzwischen Herr Dr. *Nuster*, da seine Ge-
sundheitsumstände immer ungünstiger wurden, seine Lehrthätigkeit einstellen müssen.
Die Krankheit desselben entwickelte sich nun rascher, und schon am 9. Januar 1871
rief ihn, der noch in der ersten Hälfte des 27. Lebensjahres stand, der Tod ab. Geb.
am 20. September 1844, als ältester Sohn des Herrn Mädchenlehrers Nuster hierselbst,
trat er zu Ostern 1856 in die Quinta unseres Gymnasiums als Schüler ein, bezog im
Herbste 1862, nach rühmlichst bestandenem Maturitätsexamen, die Universität Leipzig,
an welcher er im Juli 1866 den Doctorgrad erwarb. Nachdem er in demselben Monate
die Prüfung zum höheren Schulamte bestanden, begann er seine Berufsthätigkeit im
September 1866 als Probelehrer am Gymnasium zu Zwickau, übernahm zu Ostern 1867
die Function eines provisorischen Lehrers am Gymnasium zu Plauen und trat am 1.
November 1867 in die Stellung als Oberlehrer am Gymnasium zu Bautzen ein, aus
welcher er, wie berichtet, nach vorausgegangener längerer Beurlaubung zu Ostern
1870 an das hiesige Gymnasium berufen ward. Durch ein grausames Geschick folgte
er seinen beiden jüngeren Brüdern, welche beide, wie er, einst brave und hoffnungsvolle
Schüler unserer Anstalt, der jüngste als Primaner, der mittlere als Student, ihren Aeltern
entrissen worden waren, in der Blüthe des Alters in den Tod. Die älteren Mitglieder
des Lehrercollegiums, die ihm noch von seiner Schülerzeit her ein gutes Andenken bewahrten, hatten ihn, seit er als College in ihre Mitte getreten war, als tüchtigen Mitarbeiter von gründlicher philologischer Bildung und ebenso sittlich reinem wie liebens-
würdigem Character aufs neue schätzen gelernt, den jüngeren Collegen war er durch
herzliche Freundschaft noch näher verbunden. Auch seine Schüler widmen ihm eine
liebende Erinnerung.

Schon vor seinem Tode war durch das Königl. Ministerium des Cultus u. öff.
Unterrichts mit seiner einstweiligen Vertretung, besonders im Ordinariate der Quarta, Herr
Dr. ph. *Jungmann* beauftragt worden, welcher seine Wirksamkeit am 9. Januar 1871
begann. Derselbe berichtet über sein Leben wie folgt:

„Ich, Franz Emil Jungmann, bin am 6. August 1846 in Sangerhausen geboren
und erhielt meine erste Bildung in der Bürgerschule meiner Vaterstadt. Ostern 1860

wurde ich, nach halbjähriger Vorbereitung durch einen Landgeistlichen, in Schulpforte aufgenommen, von wo ich nach erlangtem Maturitätszeugniss Ostern 1866 auf die Universität Leipzig ging, um classische Philologie zu studiren. Im December 1869 erlangte ich daselbst auf Grund der Dissertation: „Quaestionum Fulgentianarum capita tria" die academische Doctorwürde und bestand in demselben Monat des folgenden Jahres das Examen für die Candidatur des höheren Schulamtes. Wenige Tage darauf wurde ich vom hohen Cultusministerium, unter Dispensation vom Probejahre, als Vicar an das hiesige Gymnasium geschickt."

Wir verdanken es vorzüglich seiner rüstigen Thätigkeit, wenn es gelungen ist, den nachtheiligen Einfluss, den die zweimonatliche Verwaisung der Quarta auf die Fortschritte dieser Classe haben musste, wieder auszugleichen, und ungern werden wir ihn zu Ostern, wo er eine ordentliche Lehrerstelle an der Thomasschule zu Leipzig übernimmt, von hier scheiden sehen.

Im Uebrigen sind die durch die erwähnten Todes- und Krankheitsfälle, sowie durch vorübergehende Verhinderung einiger Collegen entstandenen Lücken durch das Eintreten der übrigen Mitglieder nach Möglichkeit ausgefüllt worden. Doch hat ein Vierteljahr hindurch der geographische Unterricht in den Tertien eingestellt und der mathematische Unterricht in den Ober- und Mittelclassen von vier wöchentlichen Stunden auf drei beschränkt werden müssen.

Am 20. Februar wurde der vierte Lehrer, Herr Professor Dr. *Erler,* zum Director des Gymnasiums zu Zwickau ernannt. Unsere Schule, an welcher derselbe sechs Jahre hindurch in gedeihlicher Wirksamkeit gestanden hatte, erleidet durch sein Scheiden einen sehr empfindlichen Verlust. In die zur Erledigung kommende vierte Stelle wird nach Verordnung des Königl. Cultusministeriums vom 24. Februar vom Beginn des neuen Schuljahres an der jetzige fünfte Lehrer Herr Dr. *Richter,* in die fünfte Stelle der sechste Lehrer Herr *Hoffmann,* in die sechste der jetzige Oberlehrer am Gymnasium zu Zwickau Herr Dr. *Vetter* einrücken, während in die durch den Tod des Collegen *Nuster* erledigte achte Stelle der jetzige neunte Lehrer Herr *Süss,* in die neunte der zehnte Lehrer Herr Dr. *Renner,* in die zehnte Herr Dr. *Noth* und in die elfte Herr *Kallenberg* aufrücken sollen. Die Besetzung der zwölften Stelle, mit welcher das Ordinariat der Quinta verbunden sein wird, hat sich das Kgl. Ministerium noch vorbehalten. Jedenfalls dürfen wir uns der bestimmten Hoffnung hingeben, dass wir in das bevorstehende Schuljahr mit vervollständigten Lehrkräften werden eintreten können.

Noch vor Schluss des vorigen Schuljahres verlieh das Königl. Cultusministerium durch Verordnung vom 2. April 1870 dem dritten Lehrer Herrn Dr. *Brause* in Anerkennung seiner bewährten Pflichttreue den Professortitel.

Durch Verordnung vom 5. April 1870 ward die von dem *Rector* beantragte Vermehrung der Zahl der Zeichenstunden von 4 auf 6 wöchentlich, unter entsprechender Erhöhung des Honorars für den Zeichenlehrer, genehmigt. Durch Verordnung vom 7. Mai 1870 ward auch die durch das Wachsthum der Schülerzahl nöthig gewordene Verdoppelung der Zahl der wöchentlichen Turnstunden vom Königl. Ministerium genehmigt, unter Verdoppelung des Gehalts für den Turnlehrer und entsprechender Erhöhung der Vergütung an den hiesigen Turnverein für die Benutzung der Turnhalle.

Durch Ministerialverordnung vom 19. Mai 1870 ward angeordnet, dass künftig in den zur Collatur des Königl. Ministeriums gehörigen Gymnasien von denjenigen Schülern, deren Väter als Lehrer an derselben Anstalt angestellt sind, Schulgeld nicht erhoben werden solle.

Durch Ministerialverordnung vom 1. Juni 1870 ward das aus einer Revision des Provisorischen Regulativs für die Gelehrtenschulen vom 27. December 1846 hervorgegangene neue Regulativ für die Gymnasien im Königreiche Sachsen, welches nach erfolgter Genehmigung durch die in Evangelicis beauftragten Herren Staatsminister im Gesetz- und Verordnungsblatte erschienen war, der Gymnasialcommission und den Lehrern der Anstalt mit der Weisung, sich in Zukunft allenthalben nach den Bestimmungen desselben zu achten, zugefertigt.

Am Schlusse des vorigen Schuljahres verliessen die Anstalt nach Bestehung der Maturitätsprüfung folgende Oberprimaner:

Max Hermann *Siegel* aus Wilsdruff, 19¼ Jahr alt, um Theologie zu studiren. Censur in Wissenschaften II., in Sitten IB.

Friedrich Hermann *Hänig* aus Kleinvoigtsberg, 20¼ Jahr alt, um Jurisprudenz zu studiren. Censur in Wissenschaften IIB., in Sitten IB.

Gustav Bruno *Zinner* aus Freiberg, 20 Jahr alt, um Jurisprudenz zu studiren. Censur in Wissenschaften IIIA., in Sitten IIB.

Ernst Adolf *Böhme* aus Schandau, 21¼ Jahr alt, um Jurisprudenz zu studiren. Censur in Wissenschaften III., in Sitten II.

Dieselben wurden am 6. April, nachdem sie, und zwar *Siegel* und *Zinner* in deutscher, *Hänig* und *Böhme* in lateinischer Rede valedicirt und dabei auch der Stifter der ihnen von der Kircheninspection hierselbst verliehenen Viatica dankbar und ehrend gedacht hatten, feierlich entlassen.

Durch Verordnung des Königl. Cultusministeriums vom 23. Juli d. J. ward in Folge des ausgebrochenen Krieges für solche im Jahre 1850 oder früher geborene Oberprimaner, welche zu den Fahnen einberufen oder zur unverweilten Ableistung ihrer Militairpflicht entschlossen seien, eine beschleunigte Maturitätsprüfung unter Wegfall der schriftlichen Prüfungsarbeiten nachgelassen. Es machten von dieser Erlaubniss drei Primaner Gebrauch und erlangten die bei ihren Namen bemerkten Censurgrade:

Hermann *Friedrich* aus Leuben bei Lommatzsch, 19¼ Jahr alt, Censur in Wissenschaften II., in Sitten IIB., will Jurisprudenz studiren.

Paul *Hennig* aus Frankenberg, 21¼ Jahr alt, Censur in Wissenschaften II., in Sitten IB. will Theologie studiren.

Guido Richard *Ackermann* aus Sorgau bei Zöblitz, 20¼ Jahr alt, Censur in Wissenschaften IIIA., in Sitten IB., will Theologie studiren.

Ein Unterprimaner, *Klien* aus Nossen, ward gleichzeitig zum Kriegsdienst einberufen und verliess die Anstalt, um nach Beendigung seiner Dienstzeit in dieselbe zurückzukehren; ein zweiter, *Kraner* aus Freiberg, trat, ohne aus der Schule auszuscheiden, mit Gymnasialurlaub als Kriegsfreiwilliger ein.

Ausser den genannten 8 Primanern sind von der im vorigen Osterprogramm angegebenen Zahl von 191 Schülern, theils noch vor Schluss des vorigen Schuljahres, theils im Verlaufe des gegenwärtigen noch 38 Schüler abgegangen, und zwar 3 Primaner, 2 Obersecundaner, 5 Untersecundaner, 2 Obertertianer, 7 Untertertianer, 11 Quartaner, 5 Quintaner und 3 Sextaner. Dagegen wurden aufgenommen in die Prima 1, in die Obersecunda 2, in die Untersecunda 1, in die Untertertia 6, in die Quarta 6, in die Quinta 8, in die Sexta 23, zusammen 47 Schüler, sodass die Schülerzahl am 20. März vorigen Jahres 192 beträgt. Von den Abgegangenen ist ein Quartaner förmlich dimittirt worden, zwei Primaner und ein Untertertianer sind der drohenden Dimission durch freiwilligen Abgang zuvorgekommen. Indessen haben von den im Verzeichniss aufgezählten Schülern noch gegen zwanzig ihren Abgang angemeldet; zur Universität ferner werden die 8 ersten Oberprimaner mit dem Zeugniss der Reife entlassen werden. Die höchste Schülerzahl im gegenwärtigen Schuljahr, nach der Osterreception, war 207.

Das Geburtsfest Sr. Majestät des Königs ward am 12. December 1870 in gewohnter Weise in der Aula des Gymnasiums begangen. Nach einem Gebet des ersten Religionslehrers Prof. Dr. *Prölss* und dem Vortrag eines lateinischen Gedichts durch den Primaner *Starke* und einer deutschen Rede durch den Primaner *Rossberg* hielt der College Dr. *Rachel* die Festrede, über den Antheil des Elsass an der Nationalliteratur der Deutschen. Der gewöhnliche Schulball ward des Krieges wegen verschoben und am 16. März d. J., zugleich zur Feier des Friedensschlusses, nachgeholt.

Das Reisestipendium der Frotscher-Stiftung ward den Primanern *Starke* und *Melzer* zu Theil. Den Preis der Rüdiger-Stiftung erwarb sich durch eine, am 24. August im engeren Kreise der Schule vorgetragene deutsche Rede der Primaner *Tenzler*; den Preis der Treuth-Rülkerschen Stiftung sprach das Lehrercollegium dem Primaner *Leonhardi* zu.

Im Juli 1870 ward durch Spendung einer Summe von 100 Thalern von unbekannter Hand, um das Andenken an den im Jahre 1854 verstorbenen Cantor und Musikdirector Dr. phil. August Ferdinand Anacker an der Schule, an welcher er 32 Jahre thätig gewesen, lebendig zu erhalten, eine Anacker-Stiftung begründet, deren Zinsen an jedem 21. Aug., als am Todestage Anackers, vom Rector unter einige arme Gymnasiasten vertheilt werden sollen, welche dafür an Anackers Grabe „Wie sie so sanft ruhen" zu singen haben. Die erwähnte Stiftungssumme hat der Stadtrath hierselbst zur Verwaltung übernommen, und wird die erste Zinsenvertheilung am 21. August 1871 stattfinden.